身上的每道傷疤

每個人都是獨立的個體，但生命影響生命，

即使素未謀面，也能溫暖彼此。

傷會痊癒，痛會減退，傷痛成就了更堅強的我；

感謝神，感謝過去，感謝沿途與我相遇過的人。

願你們都能克服傷痛，蛻變重生。

身上的每道傷疤

李慧詩

啟思出版社

牛津大學出版社隸屬牛津大學,以環球出版為志業,
弘揚大學卓於研究、博於學術、篤於教育的優良傳統
Oxford 為牛津大學出版社於英國及特定國家的註冊商標
牛津大學出版社 (中國) 有限公司出版
香港九龍灣宏遠街1號一號九龍39樓

ISBN: 978-988-863598-6

10 9 8 7 6

鳴謝
本社蒙以下機構或人士提供本書參考資料和圖片*,謹此致謝:
李丹蕾 李思詠 徐飛
體路 香港01 明報 星島日報 中國香港體育協會暨奧林匹克委員會

*部分照片由作者提供

序

沒被勸退的冠軍　　　　　　　　　　　　　　黃志如

在一次偶然的機會與李慧詩一起出席一個單車推廣活動，活動完結後，和她一起回體育學院。一路上，她談及很多對未來香港單車運動的期盼，又談到自己退役後的發展方向等。言談之間，慧詩透露自己準備出書，問我可否為她寫序，我沒想太多便答應了。

誠然，處理體育行政工作多年的我，每天要撰寫不同的報告、推廣計劃、新聞稿件及一些零碎的文稿，寫文章是我的日常工作之一，但是要為一位我敬佩的單車運動員寫書序，而這篇序更是刊在她人生所寫的第一本書中，對我來說真的感到有點壓力，然則，又十分榮幸。

答應慧詩的邀請之後，我一直在想，可以從甚麼方向寫這一篇序？腦中開始不斷浮現一幕又一幕和她有關的難忘回憶：由她在「明日之星」獲選，到青少年時期的訓練，直至成為世界級運動員的過程中，有甚麼事情可以讓我為她的書下一個注腳？不知甚麼原因，一邊回想慧詩的成長往事時，最深刻的總是她多年前左手手腕受傷的事情。還記得那一天，我跟前行政總監余家樂先生（水哥）前往體育學院開會，剛巧在大堂遇見慧詩。我與水哥都問她會否考慮退隊，看看我們有甚麼可以幫得上忙。此事距今日子久遠，我忘記那個時候慧詩是否已得知首次手術的失敗結果，只記得水哥和我都了解到，當時她的治療進度並不樂觀。如果之後進行的手術再次失敗，就很大機會令她受傷的左手永久殘廢。我至今仍深刻地記得，她肯定地回

答我們，她仍想繼續當運動員。當時，我的內心非常矛盾和擔憂。畢竟競技運動是汰弱留強的，如果她的傷患不能康復，怎能承受日後的嚴格訓練和對身體要求極高的競賽呢？不如趁自己年紀尚輕，重返校園，未來仍可有其他的發展機會，不至浪費青春。

直至近日，當我正式收到編輯電郵過來的書稿時，頓時呆住了。因為此書的書名《身上的每道傷疤》，正正與我心中的回憶——慧詩昔日手傷的經歷互相呼應。原來慧詩亦是以她身上的傷疤，帶領讀者進入她的人生歷程，和讀者一起經歷她如何在每次的失望、失意中重新出發。細閱書稿後，我發現很多她年少時的經歷都不應該只由她一個人承擔。原來當日的傷患、手術為她帶來的疑慮和壓力是那麼大。我們雖曾在她身邊關心她，但從沒有理解她心中擁有一個天真而真誠的想法——要當一個優秀的全職運動員。

慧詩被挑選進入香港青少年訓練隊的那個年代，單車聯會開始投入更多資源，例如聘請額外人手來支援及安排青少年隊的訓練，又經由沈金康教練安排經驗豐富的國內教練為青少年隊上訓練課。我在那個時期一直在協助不同梯隊的訓練，一直以來都以為已經對當時的青少年運動員提供足夠的支援，但沒想到原來有很多事情，當時的慧詩都是無助地獨自面對。如果我們能像她一樣，多付出一點點的力量，去協助有需要的運動員，雖然未必能為其解決所有困難，但至少可以令年輕人減少孤獨感和無力感，與他們一同面對上天的種種磨煉。

慧詩在書中分別以不同身體部位的傷疤帶出她運動員生涯的奮鬥史，她以手傷的事為這本書揭開序幕，這自然是她人生中最關鍵的歷程。我當時曾勸她退隊，整個康復過程為她帶來一個又一個的希望，以及多不勝數的失望。自從首次手術失

敗後，往後每一次手術都曾為她從失望中帶來多少希望，但每一次事與願違，最後她的手腕還是失去了部分活動能力。常言道：「希望越大，失望越大」，相信慧詩的感受一定很深，卻想不到這一切竟成為日後支撐她意志的中流砥柱。

第二章提到腳上的傷疤，2016年里約奧運的一幕令讀者再次憶起當年發生的意外，這不但令慧詩失去了爭奪凱林賽獎牌的機會，更不幸的是此傷患影響了她在爭先賽的表現。這屆奧運前，隊內的教練及工作人員一直認為當時的她有能力奪標，無奈賽場上的變化使人始料不及，突如其來的意外把慧詩推入人生的谷底。手腕的傷患令她差點當不了運動員，好不容易克服這個傷患造成的不便，訓練亦上了軌道，逐漸成為世界級的單車運動員，更有衝擊獎牌的希望。可惜一場意外好像告訴她：你的追夢旅程已到了終站。但再一次的打擊也沒有將她擊倒，而是令她越戰越強。

除了四肢的傷疤，慧詩以軀幹的八塊腹肌帶出她從刻苦的訓練中鍛煉出當優秀運動員須具備的生理和心理素質，看到她由一個少不更事的青少年運動員，成長為一個遇到問題就積極找解決方法的優秀運動員。特別是髖關節的痛楚為她在2010年廣州亞運爭奪獎牌帶來很大的打擊，療傷的陰霾再次在她的運動員生涯浮現，慶幸的是她能冷靜地面對事情，聽取了許大夫的意見後，選擇不以入侵性的治療方法去處理傷患，改用中式手法治療及透過訓練加強周邊肌肉的力量。最後，髖關節的痛楚在亞運前得到紓緩。慧詩所得的首面亞運金牌，不只證明了她的運動能力，更展示她作為運動員日漸成熟的心態。

多年來的訓練及征戰除了為慧詩帶來了手、腳和軀幹的傷疤，亦少不了臉上的傷痕。對於一個女孩子來說，誰都不願意臉上有傷疤，慧詩在運動員生涯中雖不怕艱苦、不怕傷痛，但

畢竟是女孩子，在訓練課上發生了意外，導致面部受傷，總令她感到焦慮，害怕留下永久的傷痕。書中提及臉上傷疤的情節真令人哭笑不得，原來慧詩也跟一般女孩子一樣愛美，而且不是表面看來那般硬朗。

單從慧詩的外貌及媒體的報道來聯想，她沉默寡言、少談自身感情，多少給人冷冰冰的感覺。但是越翻到後面的章節，越發現慧詩的內心世界一點也不冷冰冰——看到她給普林俊教練的信時，才知道原來她那麼在乎身邊支持她的人。此外，鮮為人知的感情生活也在最後的章節中一一向讀者道出。我不太在意她在感情上的得失是否因性格的缺陷所致，最重要是她對待每段感情是否真誠，有否在心中留下最美好的回憶，即使沒有地久天長，曾經擁有的感情關係也可以令人刻骨銘心。當然，我希望她將來可以找到一位愛護她的伴侶，過着幸福快樂的生活。

多年來外界一直認為，慧詩是個硬朗的運動員，以往從很多新聞媒體的報道中，只看到她如何承受極高強度的訓練，還有就是在觸目的比賽中獲得勝利的光環。沒想到多年來征戰的生涯除了為她帶來多項殊榮，同樣為她帶來傷痛的經歷，這些經歷不只是在她的身體上結成傷疤，更在她心中留下烙印。然而，慧詩在書中提到，她當上運動員後，學懂了以「心之所向，素履以往，辛勞過後，必有收穫」的心態去面對人生不同的挑戰和困難，還跟讀者分享如何以正面的心態面對人生路上的波折。希望她能藉着自身的經歷和想法鼓勵更多人，即使在生活上遇到不如意的事情，亦不要輕易放棄，通過不斷堅持奮鬥，跨越重重難關。我真慶幸當初慧詩沒有被勸退，而是一直堅持自己的信念，不忘初心，成為我們的世界冠軍。

（黃志如先生為中國香港單車總會行政總監及場地單車國際裁判。）

原來矛盾，一直在她心中，像車輪滾動　　　劉偉成

　　賽場上鏡頭前的李慧詩（Sarah）總是予人冷靜且不失幽默的感覺，東奧時，我們一眾編輯圍在電腦前替她打氣，見她在凱林賽給對手圍堵，坐了「包廂」，難以突圍，心裏焦急得很，只是在辦公室又不好大聲喊加油。見她即使輸掉了此項目，到了爭先賽卻已從「錯用戰術」的遺憾中回復過來，一場一場，面對強勁的對手，依然沒有怯場，正如沈教練所言：「她很相信自己！」讀過本書最後一章「心之恐懼」便會知道，其實那時她的情緒處於低谷，心中載滿了對情人的愧疚，甚至要隨隊的心理老師重點觀察，所以見她可專注比賽，且發揮得宜，我除了口裏喊「加油」，心裏不禁暗呼「叻女！」她真的可做到暫停「思維反芻」。

　　「思維反芻」是人在情緒低落時常會出現的心理狀態，會不期然在腦中不斷重演衝突場面，反覆思量自己是否說了不該說的話，這樣會令人像掉入懊悔的流沙一樣，越陷越深，難以自拔，最終直陷抑鬱的潭底。看過 Sarah 在書中的真情剖白，再去看她比賽的直播，確是別有一番滋味，看到單車輪子給她騎着飛快轉動的同時，彷彿看到她心中的矛盾在頭頂以同速翻滾。全港大概只有我們幾位看過書稿的編輯會有此獨特的體味。當其他觀眾不斷喊衝喊上喊加油時，我們幾個都心裏默禱不要翻車再受傷就可以了。

　　賽後有人在社交媒體問 Sarah 為何要在起步前怒瞪對手，記得她在書中憶述以往隊友給她起了「野豬」的諢號，我想隊友不盡因她的體型和膚色，而是由於她那帶着野勁的眼神。她的眼神讓我想起一則在日本劍道中流傳用以闡明「無劍之劍」境界的故事：一位茶師為了遠行不受流寇騷擾，便假扮劍士，怎料

因誤會而給另一位浪人要求生死對決。茶師根本不懂劍術，於是便向當地一位高明的劍師請教死得體面之法，劍師請茶師為他示範一次茶道。茶師欣然應允，劍師見茶師專注泡茶時眼中一片了無罣礙的清靈，便道：「你泡茶時的無我之境已超越了生死的桎梏，只要以此澄明心態應戰即可。」翌日茶師握着劍，就當自己是在泡茶，怎料在浪人眼中，茶師雙目卻像金剛怒目一樣堅定，散發不可逼視的光芒，還未開打，浪人便嚇得跪地認輸。同樣，我想 Sarah 比賽前怒瞪對手可能未必旨在恫嚇，而是令自己停止「思維反芻」，將自己提升至置勝負、甚至安危於道外的澄明之境。矛盾的是這種澄明的狀態，即使劍師也不可能經常維持，嘗過那一刻的遺世空白，會令人更欲與他人溝通，從而重新跟世界接軌。無獨有偶，Sarah 平時確是很愛跟人溝通，觀乎東奧後不久，她便在社交媒體跟粉絲快問快答可見一斑。只是除了「快問快答式」的溝通，她更渴望能跟人「心交」。

回想這本書的出版計劃，源起於 Sarah 正攻讀香港浸會大學的人文及創作系學士學位，我執教的「編輯與出版」是必修科，我給同學的課題是——提交一個此刻自己最想成就的出版方案，以及最能表達出版理念的樣章。Sarah 提交的正是這本書的方案，但她卻不像一般同學那樣，以起始部分為樣章，而是本書最後一章「心之恐懼」中記述普教練溘逝的那一節內文。可能正正因為她的文筆樸實，所以讀起來更覺那種難以用筆墨形容的揪心之痛。讀過她這個樣章，我感到她溝通的渴望像她的「戰車」那樣，快速越過尚未寫出來的首四章，直搗內心深處，恨不得將內在的自己全掏出來給人看。這就是李慧詩，她雖然無法長期延續「金剛怒目」的作戰狀態，但她那設定目標後，便

義無反顧往目標直衝的作風，卻是一以貫之的。就像問她為甚麼第二個學位會選「專業寫作」，她說因為想出版這本書，再問下去——那出完這本書呢？她便答不上了。而出版這本書彷彿是為了成就最末章「心之恐懼」的吶喊。所以有時我也會反問自己，如此早便給她出版這本書，對於 Sarah，究竟是好是壞？我會否在好心幹壞事？

好的是讓她明白生活中不是所有目標都要像荷里活動作片那樣，須弄得自己遍體鱗傷，四周滿目瘡痍方可成就。有時在適當時候，跟持份者好好溝通，不用動輒亮出那句口頭禪：「這不是我想要的東西！」（所以普教練才會以「老闆」來稱呼她。）在出版這本書的過程中，我也不時聽見這句話，不禁想：這可能也是書中所述的許多內心傷痕的原委。無論是跟教練的齟齬，還是跟情人鬧翻，大概都和她太執着那是否自己想像的原型有關。誠然，這種對目標的執着，是她給自己的人生推上高峯的動力，她不會計較付出多大心力，弄得自己有多傷，也會努力成就。只是 Sarah 是心地善良的，當她看見護着她、陪着她衝的人因而受傷，又會心生歉疚，五內交煎地想着要怎樣彌補。這書的出版應可給她當作人生一個階段的休止符，讓她好好檢視自己之前走過的路。常言道知道自己是怎樣的人，至少能減低在分岔路口選錯下一階段該走的路的機率。東奧以後，Sarah 的運動員生涯，如她自己所言，應會退至二線，但寫作的路才剛起步，此書能否給她一個明確的開示，讓她知道自己下一階段的路是否選對了？

那麼，此書在她寫作路上的開端出版又會帶來甚麼壞處？我大概是擔憂 Sarah 沒有了明確的目標，她的寫作路會否陷入迷茫？對平常人來說，一點點迷茫可能沒甚麼大不了，但對

於習慣運動員「目標為本」的生活節奏，而且性格還帶點執拗的 Sarah 來說，這可能是「深水炸彈」，可默默掀起大波瀾。事實上，此書的動人不單在於作者如何克服傷痛，更在於如何在迷茫中弄清究竟自己想要成就怎樣的人生。試想現在我們知悉 Sarah 可以取得這樣的成績，當然可響亮地給她喊「加油！衝吧！」但閱讀此書時，我們該代入當事人那一刻的視點：是否真的該留在卡拉 OK 房，不跟大夥兒一起回校繳交升讀預科的學費？當運動員如果未能獲獎，是否甘心一直靠微薄的薪津捱至退役？手部受傷後，醫生說不好好治療會殘廢，即使治好了，是否還能創出佳績？自己可否憑藉「最強大腿」和辛苦練就的八塊腹肌的爆炸力來壓過對手衝線？自己是否夠實力贏得「彩虹戰衣」？本書的高潮就在於上述這些未知數全部集合在一人身上，而她是如何單靠點起目標的火炬就可以在迷霧中挺進。原來訣竅也在於那句口頭禪：「這不是我想要的東西！」

與其說 Sarah 這句口頭禪是對別人說，不如說她是在告誡自己，檢視自己有否偏離大目標；如有，便設法作微調修正。Sarah 在修畢我的課後，還須於本地出版機構完成 100 小時的實習，系內有很愛護她的老師跟我說，以她平常的訓練日程，很難找到實習的地方，問我能否替她安排一下。於是我便安排她到我公司以彈性上班方式實習。想不到她每天下班後，都會給我寫好幾張便利貼，把我的電腦屏幕弄得像連儂牆似的。便利貼大多是說今天的進度如何不理想，或者寫不出心中想寫的東西云云。這些日省吾身的便利貼就像是齒輪上的小齒突，看似是記錄了繞圈子的冤枉路，但其實是讓自己更省力地驅動大齒輪的槓桿距離。記得在我出版第一本散文集後，一位寫作前輩語重心長地問我：「就像當保險經紀，起初一定是從自己的親友

着手，但當自己和親友的故事都寫盡後，還可以寫甚麼？」這是為何我當初會追問 Sarah 運動員的故事寫盡後，她的寫作路要怎樣走下去。Sarah 常說期望藉着自己的傷疤給歷劫後的香港人帶來勉勵，就讓我歸納這三年來跟她相處的體會，和這本書的讀後感，回應她下面這張 4C 便利貼，也當作是給香港人走出陰霾、做好本分的小錦囊：

從《身上的每道傷疤》歸納出的 4C 訣竅：

1　**矛盾**（Contradiction）：以「金剛怒目」的氣勢暫停「思維反芻」，並伺機突圍。

2　**衝突**（Conflict）：以渴望心靈溝通的誠意化解。

3　**高潮**（Climax）：鎖定目標，以運動員的爆炸力，義無反顧地推升。

4　**鎮靜**（Calmness）：高潮過後，以「這不是我想要的東西」的日省告示驅散迷茫，提醒自己冷靜下來，好好思考下一階段的走向。

（劉偉成博士為啟思出版社副編務總監及香港浸會大學人文及創作系兼任講師。）

守護我們的「世界冠軍」   容樹恒

認識 Sarah 始於 2006 年夏天，那一幕的情景我至今還歷歷在目。當時在體院的診症室看見一個才滿18歲的「單車妹」，因手腕的傷患而多番折騰，徬徨無助，我毅然把她帶到我工作的威爾斯親王醫院「收拾殘局」。那一次嚴重傷患相信影響了她的一生，不但是身上刻下了傷痕，也因為這小妮子在短短半年內經歷了三大兩小的手術，稚嫩的心靈加以磨拭，才能成就今天我們的世界冠軍。

本書名為《身上的每道傷疤》，內容揭示了 Sarah 十多年來不同的傷患……「手之倔強」、「腳之努力」、「軀幹之無奈」、「臉之勇氣」和「心之恐懼」正正反映她不同位置、不同程度的傷患。作為她的醫生和朋友，見證着一個天真無邪、只懂踩單車、偶爾愛哭的小女孩十多年來嘗盡甘苦，為了單車運動，放下了身邊的人和事，犧牲了與家人朋友相聚的時間，身上的疤痕與心中的傷痕數之不盡……每次克服傷患後，重新站起來，慢慢蛻變成一個對運動和生命充滿熱誠，對自己有極高要求和紀律，心理質素、抗壓能力、忍痛能力，以及領悟力都極高的精英運動員，心裏一直佩服她。雖然我們見面機會不多，除了偶爾會發短訊互相問候，更多時候就是默默的關懷和祝福。然而，因為我們相交十數年，和她一同經歷和克服了不少傷患，故當她邀請我為這本書寫序，我義不容辭，欣然答應。

寫作可能是一件很孤單的事情，但我認識的 Sarah 相信頗為享受寫作的過程，因她是一個健談的人，每次和她碰面，她都無所不談。今次，Sarah 執筆撰寫這本書，以細膩的筆觸向大家真情流露，分享她多年來遇過的人和事，例如她的同學、隊友、每位合作無間的教練、體育學院的支援團隊、摯愛的家

身上的每道傷疤

人，以及刻骨銘心的朋友。內心感性之流露，字裏行間交代了人與人之間的感情，還有與摯友相處的點滴。當中的每一事、每一物，大家也可能從坊間的報道中略有所聞，但是當細閱每一章節的故事，相信大家會對 Sarah 有更深入、更真切的了解。書中亦有很大篇幅悼念普教練，那動人的文筆令大家惦記逝者的同時，也提醒我們要珍惜眼前人。

看畢 Sarah 這本書，大家可能會驚覺：我們的世界冠軍、香港人的驕傲，終歸跟大家沒有兩樣。她分享的每段往事直抒胸臆，同樣有喜怒哀懼愛惡欲；我們的世界冠軍也會有疲累和軟弱的時候，也需要別人的關懷和理解。希望讀者讀完這本書之後，能更加支持我們的運動員、他們的家人，還有運動員背後的團隊。他們付出的努力一向鮮為人知，但是他們在 2021 年夏天為香港人帶來了一個充滿希望及正能量的美夢，亦鼓勵更多香港的年青人為追尋夢想努力奮鬥！

（容樹恒醫生為香港中文大學矯形外科及創傷學系（骨科）教授兼學系主任及香港體育學院榮譽顧問醫生。）

給夢想成真的你 　　　　　　　　　黃曉玲

幾年前，你跟我說：「玲，我想出一本自傳！」

當時我衝口而出的第一句話是：「你這麼忙，怎樣能擠出時間寫作？」

一直知道你喜歡寫作，但要寫一本書，談何容易呢？更何況你是大忙人，要完成幾百頁的自傳，簡直天方夜譚！

但是到了東京奧運前夕，你竟然跟我說：「我已經寫完了大半本書，希望找你寫序。」

你竟然再次實現一個我不敢相信的夢想⋯⋯

你的初稿，實不相瞞，我是哭着看完的。哭，是因為你的直率，是因為你的毫不掩飾。看完整本書，就像陪你重新走一次你走過的路。

我告訴你，這本書，我是邊看邊哭的。你卻叫我不要太投入。可是，我又怎能不投入呢？畢竟我們已相識十八年了。

回想這一段互相扶持十八年的旅程，還記得中四的時候，班主任安排我倆坐在一起，你第一句竟然跟我說：「你好嘈呀，我唔想坐你隔離呀！」

嘿，你就是這樣直接的人，直接得想做甚麼就會做到最盡。就算旁人對你有意見，你都堅持自己所想，做自己認為正確的事情，騎單車如是，對待感情如是。或者因為這樣，你才可以完成這麼多的不可能吧。

你的手受傷那段時間，我們常常見面。我在九龍塘上課，你在沙田體院練習，所以不時約在又一城見面聊天。聊天時，你總是笑得那麼燦爛，樂於分享你的所思所想──惟獨對訓練的艱辛隻字不提。還記得偶爾談起訓練，你總是一笑帶過，從沒半句怨言。直到看完這本書，我才知道，當時你的笑容背

後，竟埋藏着這麼辛酸的經歷。過去的十多年，你原來是在如此艱辛的訓練中支撐過來的！

現在回想起來，那時候你告訴我要做手術，我卻只懂得一直叫你堅持，一直叫你加油。現在我才知道，原來我是一個多麼無知的門外漢：我知道你的快樂，卻不知道你的痛苦。

由東京奧運延期，到奧運前夕，每次提及將來種種的不確定，你總是說不要緊，眼神裏從不泄露一絲憂慮。但是我知道，你肩上的壓力從來不曾減少。Sarah，你就是一個這樣的人：從不抱怨自己的辛苦，反而處處記掛別人。有時候，我真的希望你可以自私一點，多為自己想想。

現在奧運完了，書也寫完了，你終於把夢想實現了。Sarah，恭喜你！真心為你感到高興！感謝你沒有嫌我「太嘈」，讓我繼續坐在你的身邊，一直嘈下去。

（黃曉玲小姐為李慧詩摯友。）

目錄

目錄

主要戰績和傷患紀錄 2002—2021

3月
參加「明日之星」
計劃,通過體能
及專項測試。

12月
奪得亞洲青少年單車
錦標賽6公里捕捉賽
亞軍。

8月
成為全職運動
員,加入香港
單車代表隊。

2002　　　2003　　　2004　　　2005　　　2006

12月
初進青訓隊,因
騎車技術不純熟
而摔車,小腿留
下疤痕。

4月
在雲南摔車,左手舟骨
骨折。回港進行第一
次手術。一個月後到上
海、山東繼續訓練。

8月
第二次手術,手腕留下
3厘米的「蜈蚣」。

11月
第三次手術,左手手腕
活動能力永久受損。

6月

福島場地亞洲
杯500米計時
賽季軍及凱林
賽亞軍。

4月

奈良亞洲錦標
賽500米計時
賽第四名。

10月

曼谷場地亞洲
杯500米計時
賽冠軍。

5月

橫濱場地亞洲
杯500米計時
賽冠軍。

8月

丁加蘭亞洲錦
標賽500米計
時賽亞軍。

10月

曼谷場地亞洲
杯500米計時
賽、凱林賽等
四項冠軍。

1月

世界杯中國站凱
林賽季軍。

8月

沙迦亞洲錦標賽
500米計時賽亞
軍及兩項季軍。

11月

以33.945秒破亞
洲紀錄，奪得廣
州亞運會500米
計時賽冠軍。

12月

世界杯墨爾本站
500米計時賽季
軍。

2月

泰國那空叻差
亞洲錦標賽
500米計時賽
冠軍。

2007	2008	2009	2010	2011

4月

髖關節隱隱作
痛，初懷疑是
腫瘤，檢查後
發現是軟組織
撕裂。

主要戰績和傷患紀錄

XXI

2月

倫敦世界杯凱林賽亞軍、個人爭先賽季軍。

8月

在倫敦奧運摘下凱林賽銅牌，成為香港第三面奧運獎牌得主。

10月

世界杯哥倫比亞站個人爭先賽冠軍，首次在世界杯奪冠。

2月

明斯克世錦賽500米計時賽冠軍，收獲首件彩虹戰衣。

7月

澳洲阿德萊德國際自盟場地賽七項冠軍，被稱為「香港颱風」。

1月

世界杯墨西哥站凱林賽冠軍，首次在世界杯凱林賽奪冠。

9月

仁川亞運會凱林賽和個人爭先賽冠軍。

10月

世界杯哥倫比亞站個人爭先賽季軍。

2012　　2013　　2014　　2015　　2016

4月

在浙江全國場地冠軍賽摔車，擦傷面部和額頭。

9月

備戰仁川亞運時摔車，尾龍骨骨裂。

身上的每道傷疤

3月

荷蘭世錦賽凱林賽亞軍。

6月

德國場地一級賽個人爭先賽、團體爭先賽冠軍、凱林賽亞軍，為受傷車手禾歌募捐。

8月

雅加達亞運會衛冕凱林賽和個人爭先賽冠軍，與馬詠茹、李燕燕奪團體爭先賽亞軍。

11–12月

香港、布里斯班等四站世界杯個人爭先賽全數奪冠。

2–3月

波蘭世錦賽個人爭先賽、凱林賽奪冠，收獲第二、第三件彩虹戰衣。

2月

柏林世錦賽個人爭先賽季軍。

8月

2020東京奧運爭先賽銅牌。

1月

世界杯香港站個人爭先賽亞軍和凱林賽季軍。伊豆亞洲錦標賽凱林賽冠軍。

9–11月

日本女子凱林賽11場連勝。

4月

香港世錦賽個人爭先賽季軍。

| 2017 | 2018 | 2019 | 2020 | 2021 |

8月

在里約奧運凱林賽起步不久，與美雅絲碰撞後，摔倒擦傷右腳，失落奧運獎牌。

10月

普林俊教練因急性心臟病猝逝。

3月

由於新冠肺炎疫情在全球蔓延，日本政府宣佈原定7至8月舉行的2020東京奧運延期。

主要戰績和傷患紀錄

第一章

手之倔強

雙腳麻木地跑着，
雙手胡亂地揮動着，

橫膈膜沒規律地上下移動，
汗水從每個毛孔失控地跑出來。

我的身體比我更清楚，
訓練是徒勞無功的，

但是他們不願停下來，
還想繼續燃燒下去，

為的是證明自己有能力走下去。

手之倔強

第一節 | 延誤了的手術

愚人節的一個玩笑

2006年春天，成為全職運動員兩年的我，還未滿十九歲。那時，我已習慣漂泊，幾乎整年沒有回香港。香港車多路窄，對公路訓練有許多限制，單車運動員要留在香港訓練，幾乎是不可行的事。於是，我要麼在亞洲不同地方參加巡迴賽，要麼在中國內地訓練。

在內地，我們的訓練基地遍佈各處：深圳龍崗、上海莘莊、昆明呈貢、浙江安吉⋯⋯其中我們最常去的訓練地點，是呈貢訓練基地。主教練沈金康喜歡在那裏訓練，主要因為那裏是高海拔地區，氧氣較少——在這樣的環境下訓練，能提高身體機能，改善心肺功能。其次是因為那裏能提供一站式服務：宿舍、力量房、飯堂、醫務所、供平路訓練的一公里馬場、室外單車場等，全都集中在基地裏。還有一個原因，令沈教練深深喜愛那裏，運動員卻不喜歡——呈貢位於郊區，距離市中心約25公里，不像香港有四通八達的交通網絡。方圓十里內也沒有商場或超級市場，要逛街，非得多番轉車，花上半天才能到市中心去。對上下午都有訓練的運動員來說，要溜出去玩等於虐待自己。當時上網仍未普及，周遭又沒有娛樂，沈教練就不用擔心運動員貪玩或夜歸而影響訓練了。

那時候，香港全職單車運動員並不多，九男兩女，共十一人。大部分時間，我們都一起訓練。當長距離組（長組）進行爬坡訓練時，我和另一名短距離組運動員黃健忠（肥仔忠）就會離開大隊，進行體能、單車機訓練或平路訓練。教練通常會開着隊車跟隨車隊，保護運動員，提供後備器材及食物。由於隊裏只有一輛隊車，所以每當長組要「入山」，隊車就要聽

身上的每道傷疤

4

他們差遣，而我和肥仔忠二人就要互相照應。雖然他與我年齡相若，但比我早進隊，加上身型健碩，故此常常擔當照顧我的角色。

4月1日早上，長組要騎車去梁王山，我和肥仔忠被安排在車輛較少的彩雲南路作60公里耐力訓練。騎出基地後，我們要經過一個小區進入彩雲南路。小區路面混亂，但一進入彩雲南路，就令人豁然開朗：新建的路，人煙稀少，我們可以放心地騎行！

一如以往，我安心地跟着肥仔忠，讓他領騎。沒想到暖身後不久，意外就發生了！只怪肥仔忠身型太龐大，阻礙了我的視線，我竟看不到路旁衝出來的狼狗，攔腰撞向牠。相撞後，我和狼狗都被凌空拋起，不約而同地慘叫了一聲，雙雙倒在地上。

有些時候，
你拼命努力才不至掉隊。
有些時候，
你必須學會一個人上路。

我十分懼怕狗，那恐懼的種子是在香港新娘潭訓練時種下的。那時訓練經過雞谷樹下及南坑尾的村屋，一羣狼狗從村口兇神惡煞地跑出來宣示主權，牠們一邊吠，一邊追上斜坡。我不擅長上坡，被牠們逼哭了。從此，我就無法擺脫對狗的恐懼。我怕那隻狼狗被我撞倒後深深不忿，伺機撲向我報復，於是趕緊坐起來，想撿起車躲避。那一瞬間，我和狼狗四目相對，牠與香港那些狼狗不同，沒有銳利的目光，看起來比我更恐懼。牠慌張地爬起來，直往路邊跑，把我丟在原地。牠又好像不放心，在草叢中頻頻回望，直到肥仔忠扶起我，牠才把視線從我身上移開。

　　我嚇得說不出話來，直到肥仔忠來到我身旁，才回過神來。我怕耽誤他的訓練，就立刻用左手撐起身體。不知何故，我的左手不能發力。我勉強撐起自己，撿起車，發現鏈條掉了。平時只要用左手輕輕推一下變速器，把鏈條弄鬆一點，右手手指就能輕輕把它勾到齒輪上。然而，這一次當我嘗試推動變速器時，左手痛得不聽使喚；再試一次，更痛；我甩一甩手，又試一次，痛得人都僵了。肥仔忠看我七手八腳，一邊下車，一邊問：「你沒看到那隻狗衝出來嗎？」他替我把鏈條放回原位。我再用左手扶起車子，攪動曲柄，確保單車可以騎行，想跟着他完成訓練。但是肥仔忠看我痛得面容扭曲，不忍地說：「你先回去找張潔吧！」

　　基地與我摔車的地方距離約兩公里，平時花十分鐘就能到達。我想了想，就大力點頭，與肥仔忠分道揚鑣。這段路不算遠，但路實在太爛了。我怕要是中途再遇意外，便無法修車。於是我忘了痛，竭力用意志控制手指捏緊車把，確保不會有修車和發生意外的機會。我不得不減速，足足花了一倍時間才回到基地，痛苦的時間也多了一倍。我感覺左手廢了，但總算騎回來了。

那天是愚人節，上天給我開了一場大玩笑。

隊裏的工作人員差不多都跟長組訓練去了。基地裏只有張潔。她在隊中擔任科研一職，負責監控我們的身體狀況。她知道我發生意外後，馬上放下手上的工作，帶我到基地的醫務所。

我忘了痛，
竭力用意志捉緊車把；
感覺左手廢了，
但總算騎回來了。

醫務所是運動員的創傷門診，是一間四個房間並列的小房子，左右兩邊都是候診室，中間夾着各有三張病牀的病房。香港運動員都不願意到那裏。因為那裏設備簡陋，看起來不怎麼可靠，偶爾可見牀單留有病人的血跡，令人毛骨悚然。然而，它有它的好：很多初到高原的人，容易產生高原反應，輕則頭痛，重則連續發燒和腹瀉。如果到市內醫院，便要舟車勞頓。雖然醫務所的設施比不上醫院，但減省了交通時間，讓運動員爭取時間休息，儘快投入訓練。

　　我和張潔走進醫務所，她和其中一個醫生大概說了我的情況。那位看似經驗豐富的老醫生讓我坐下，拿起我的左手，像把玩模型般左扭扭，右扭扭，上扳扳，下扳扳，就說：「你甩臼了，我現在幫你把骨頭扳回去吧。」

　　啪！——好了——醫生三兩下功夫就把繃帶纏在我的手上。

我對不尋常的狀態
沒有疑慮，
只是忍着痛，
繼續訓練。

你還是回香港治吧！

　　我帶着微痛離開醫務所。一路上，我問張潔：「他怎麼知道我是甩臼呢？」張潔說：「他們都很有經驗啊！要是骨折，是很痛的，所以你應該不是骨折。」

　　聽完她的解釋，我釋懷了，欣悅地回到單車場，繼續訓練。我把固定的功率車抬出車庫，用它完成本來公路訓練未完成的部分。本來平均保持心跳150次的耐力訓練，我只以心跳134次打折完成。肥仔忠訓練完畢後，看了看我的紀錄，馬上板起臉，指責我沒有盡力訓練，並沒有因為我受傷而網開一面。

　　第二天，我的左手腫了起來，像一個被五花大綁的人猛力想把繃帶撐開。我對這不尋常的狀態沒有丁點疑慮，繼續跟肥仔忠訓練一整天。手被包紮後，手指活動不靈活，跟失去整隻手沒有分別，我只能做腿部的力量訓練。以往兩小時的訓練課，現在只能勉強撐到一小時。

　　之後兩天，我的訓練都在功率車上完成，左手被嚴實地包了好幾天，殘留的汗水使它發出異味。我實在忍受不了，不得不找隊醫龍大夫更換繃帶。當時，因為我隊有長勝將軍黃金寶，所以香港體育學院總會分配一個隊醫跟我們出隊。那天晚上，龍大夫看到我的手不但包得像豬蹄，更腫得像豬蹄，驚訝地說：「那麼腫，有沒有照 X 光片？」我搖搖頭。她凝重地對我說：「明天我陪你去照一個片子吧！沒事的。」

　　4 月 5 日早上，我們轉移陣地，到安吉訓練。吃過早飯，龍大夫就帶我到基地的醫務室再次看症。我簡單填了病歷本，那裏有一台 X 光機，在沒有穿上保護衣的情況下，醫務室的張醫生就開始幫我的手照 X 光。片子沖好後，張醫生繃着臉對龍大夫說：「她的手腕舟骨骨折了，我們這裏做不了甚麼，香港

的醫療技術好，最好還是回去治療。」說畢，他在桌子旁隨便拿起兩根不同樣式的木頭固定我的手腕。

我比上次多帶了兩根木頭和一些憂愁回去。龍大夫告訴我：「從前我在國家舉重隊當隊醫，有許多運動員都是舟骨骨折，骨頭長好了，又繼續當運動員，所以不用擔心。」她過去的經驗未能使我放下心頭的牽掛，醫生說要回香港才能治好，我甚麼時候回去呢？我需要多長時間才能康復呢？該如何告訴家人呢？

一個又一個的疑問在我腦海浮現，我感到既無助又無奈，走到隊友 K 哥的房間，一聲沒吭就走進去，埋頭痛哭。

「甚麼事？」K 哥問。

「骨頭斷了。」K 哥拍一拍我的肩，又問：「醫生怎麼說？」

「他叫我回香港治。」

「那你告訴沈教練了嗎？」

「沒有。」

「在香港治就不用怕了，沒事的，很快就會好，你還年輕，說不準一個多月後就可以正常訓練了！」

時間只容許我哭一會。我馬上隨隊離開呈貢，坐飛機到安吉。隊友們很照顧我，在擁擠的地方，他們會像氣泡膜般把我圍在中間，以防我被撞傷。患難見真情，那刻我對此話感受特別深。

到達安吉的第二天，我如常用功率車訓練耐力，我已經適應單手在功率車上保持心率，兩組 40 分鐘都能保持心跳 140 次。中午休息的時候，張潔帶我去附近的安吉中醫院。那裏的病歷本和 X 光報告都是用電腦打的，我想應該比較可信。報告單清楚地寫着——「左手舟骨骨折」，安吉和呈貢的醫生建議一樣：「我覺得你還是回香港治吧！始終香港的醫療設備比較

好。」他們的建議使我意識到回港的急切性。

第一次手術

　　還記得那天是星期二，晚上七時，我在體院骨科會診室外等候。我從未看過骨科，小時候滑冰摔倒，膝蓋痛得站不起來，媽媽也只是找了一個在牛頭角下邨做街坊生意的老中醫，揉揉藥酒，敷敷膏藥。這次雖說在熟悉的地方，但畢竟是第一次獨自看骨科醫生，難免有點緊張。幸好一打開門，那一副「好醫生」的外表——方臉、戴眼鏡、穿白袍，稍微減輕了我的不安。但當何醫生表示要馬上安排我做手術，我徬徨地問：「可以等一等嗎？我想問一下教練。」他憤怒地責備我：「還等？你的傷勢很嚴重，已經延誤了一個星期，再不做手術，手會廢的。」他的話把我嚇呆了，我甚至想一出會診室就是手術室。他打過電話後，說最快要到明天才有牀位，囑咐我先收拾東西，明天下午到港安醫院準備手術。

　　當晚，我把受傷的事告訴媽媽，她驚魂失魄，不免又責怪我選了騎單車這條路。我原本想告訴媽媽，我心裏有多難受，在那一刻，都說不出來。

　　第二天，我準備好行李和心情去醫院，沈教練在長途電話中焦急地說：「你現在的情況，是不需要做手術的。骨頭沒有移位，長好只要兩個月。你去做手術，是無緣無故捱一刀，不要聽醫生的話。」我的心沉了下來，何醫生和沈教練的話南轅北轍，我該聽哪個？我沉默着，沈教練繼續碎碎唸。最後，他說了一句：「你想做手術我是沒有意見的，就這樣吧。」就掛了電話。事後回想，我應該再三思考做手術的必要性。然而，對十八歲的我來說，這個決定太困難了。一想到何醫生說：「再不做手術，手就廢了。」我感覺那塊舟骨正在枯死，速度比曇花

手之倔強

II

凋謝還要快。我怎會知道我是只捱一刀，還是捱一年呢？沈教練不在我的身邊，憑甚麼批評醫生的做法？三個醫生的口吻不是一致嗎？

　　我聽從醫生的意見。雖然只是做手腕手術，但也要全身麻醉。家人你一言我一語，又是安慰又是嘮叨。手術前的我像被送上刑場的罪犯，看着家人，百感交集，甚麼也說不出來。

　　手術在晚上七時開始，手術室裏白茫茫的，燈光刺眼，我覺得世界忽然緩慢下來，呼吸也跟着凝聚的空氣延緩了，漸漸，醫生和護士的聲音都消失了。我不知道自己進入了哪一個時空，時間在昏睡的人身上是沒有意義的。

那個晚上的手術改變了我的人生，
摧毀了我，也成就了我。

啟詩問答

長距離和短距離單車賽

啟：Sarah，單車項目是怎樣劃分的呢？

詩：單車賽事有場地賽、公路賽、山地車賽、小輪車賽、技巧車賽、越野車賽、室內單車賽。其中，場地賽有長距離和短距離項目。

啟：那麼，場地單車的長距離、短距離賽事分別有哪些項目？

詩：長距離項目包括：

- 個人追逐賽（Individual Pursuit）
- 團體追逐賽（Team Pursuit）
- 麥迪遜賽（Madison）
- 捕捉賽（Scratch）
- 記分賽（Point Race）
- 全能賽（Omnium）

當中距離最短的是女子青年個人追逐賽，賽程是 2 公里；最長的是男子麥迪遜賽，賽程是 50 公里。

短距離項目則包括：

- 計時賽（Time Trial）
- 個人爭先賽（Individual Sprint）
- 團體爭先賽（Team Sprint）
- 凱林賽（Keirin），又稱為競輪賽

當中距離最短的個人爭先賽資格賽，以運動員單獨騎行 200 米的時間進行排名。

啟：但是在凱林賽中，運動員不是要騎行六個圈（1500 米）嗎？為何屬於「短距離項目」呢？

詩：凱林賽的首三圈（約 750 米）是由電動車領騎，運動員真正比拼的時刻其實是最後 750 米，當電動車一離開賽道，運動員就要看準時機突圍而出，所以都是講求爆發力和速度的「短距離項目」。雖然説單車的短距離項目比長距離項目更加講求爆發力，但是短距離項目對於運動員的耐力要求，也不比長距離項目低啊！

啟：為甚麼呢？

詩：因為不少短距離項目都不是「一戰定生死」，例如爭先賽要先進行資格賽，八強之後會採取三場兩勝制，奧運的爭先賽更設有復活賽（Repechages），運動員需要有足夠的體力，連續在兩、三場賽事中爆發最大的力量。有些賽程是持續一整天，有些甚至持續三天，運動員要有足夠的耐力和良好的恢復能力，以應付緊張的比賽節奏。

第二節 ｜ 獨自承受的痛

我真的很喜歡騎單車！

我醒來後，左手被懸吊着。張開眼一看，左手從肘下至手指被包着厚厚的石膏。右手同樣負着重，是大姐姐的頭壓在我的手上睡着的重量。我稍為動一動手指，喚醒她。她一感覺到動靜，就激動得大跳大叫：「詩醒來了！你終於醒來了！」我看不見她為我流了多少淚，但我清楚看見右手上的淚痕。大概是麻醉藥還沒

散去，我只能緊緊握住大姐姐的手。哭是否會傳染呢？大姐姐身後的細姐姐也嗚咽，我也跟着用僅餘的力氣嚎哭起來，對她們說了沒頭沒腦的話：「我真的很喜歡騎單車，不要不讓我騎單車！」大姐姐摸摸我的頭說：「先不要説話，休息一下。」

這個原定兩小時的手術，足足做了八小時，姐姐為免媽媽太操勞，即使擔心手術會有差池，口裏卻氣定神閒地勸她回家休息。直到凌晨二時半，我才被推出手術室。

何醫生走進病房，向我們大派定心丸：「手術成功，不用擔心。」他向我們解釋，因為內地的醫生沒有把脫位的月骨接駁回去，手術時要處理舟骨骨折和月骨壓着正中神經線的問題，使手術比預期複雜，要以三根釘子固定舟骨的位置，又以一根釘子固定月骨的位置。

我不怕手術不成功，只擔心何時能夠訓練。等何醫生把話説完，我立即問道：「我甚麼時候可以出院訓練呢？」何醫生笑

了笑，回答道：「等你精神好一點，就可以出院了。」我對單車的熱愛，忠誠如婚姻。我眼中只有它，視它為終生伴侶，無論何時何地，都以它為最先考慮的因素。鍾愛一件事，不應該是如此嗎？

手術後兩天，麻醉藥仍未過，我一吃就吐。這樣吐了幾次，反倒感覺精神多了。我閒來沒事，就拿起牀邊抽屜裏的《新約聖經（漢英版）》翻看，打發時間之餘，也學學英文。

待麻醉藥退得八八九九，手指開始有麻痺和刺痛感，醫生開了止痛藥給我。但是，姑姐提醒過我，止痛藥有副作用，多吃對身體無益。我聽她叮囑，能忍就忍。忍痛是我最擅長的絕技，住院期間，我沒有嗑過一顆止痛藥。

第五天，我溜到電腦室，寫網上日記。何醫生看見我的「螳螂打字法」，語帶諷刺地說：「斷了骨頭，還能打字？」他檢查我的康復情況後，說：「我看你精神恢復得七七八八，批准你明天出院吧！」聽到「出院」二字，我像聽到「出獄」般雀躍。太好了，可以重見天日了！「過幾天你再來我的診所覆診吧！」我馬上通知家人出院的好消息。

住院期間，沈教練沒有來探望我，他並不在香港。不知道是他該氣我沒有聽他千里之外的忠告，還是我該氣他沒有任何慰問？媽媽命令我必須回家，讓她照料，也讓我順理成章逃避沈教練。我回家住了一個星期。直到4月27日，單車部祕書來電，提到有關訓練和房間安排，我才搬回體院。

我又重拾全職運動員的生活。

抵禦石膏緊箍咒

一開始恢復訓練，強度和量度並不高，不算辛苦。和受傷前不同的，是我的左手多了一塊石膏和一份壓迫感。剛完成

手術時，手比之前腫，前臂被沒有彈性的石膏狠狠地擠壓出一條香腸似的肉。手術後一個星期，不知道是消腫了，還是手瘦了，香腸消失了，石膏和前臂之間多了一條紅色的痕跡，還有一隻食指寬的空隙。

何醫生說石膏要緊貼皮膚才管用，第二次覆診時，他見石膏鬆得離譜，也夠時間拆線了，就給我重新弄一個。切開了原本的石膏，我才第一次清晰看到左手的傷疤。那是一條蜈蚣，拇指般長，鑽在我的手腕背中央。是蜈蚣劇毒無比，還是我兩星期零運動的緣故？前臂萎縮得特別快。只看左手，一定會以為那是屬於一個皮包骨的老人的。還來不及接受眼前的一切，何醫生就開始拆線，裝上另一塊石膏。

同是半公斤的負荷，新弄的石膏令我的拇指和手腕更難屈伸。石膏風乾後，我的手像被金剛箍套着。「石膏咒」使我的手不時發癢，尤其是做完運動後，癢得我要用力蹬地分散注意力，有時又會使勁拍打石膏，或不自覺在房間找東西，想砸碎石膏。後來，聰明的大姐姐想到用一根筷子插進縫間抓癢，「石膏咒」總算被破解了。

骨折後，體能訓練安排在上午進行，下午通常會騎一至兩小時耐力訓練。第一個星期，體能教練 Ricky 只給我臥蹲和腰腹肌的動作作適應性練習。後來，他加入一些機械負重的彈跳，在不牽扯手的情況下，刺激雙腿的肌肉。訓練時聽到急促的喘氣聲和感到肌肉撕裂的酸痛，反倒讓我覺得實在一點。作為一個傷後復操的運動員，要是不能忍耐這種強度的訓練，又怎對得起身上的香港隊隊服？怎對得起一直守護自己的隊友？

少了一隻手，問題漸漸在生活中浮現。對自幼被母親糾正用右手寫字，但慣用手依然是左手的我來說，左手包石膏，

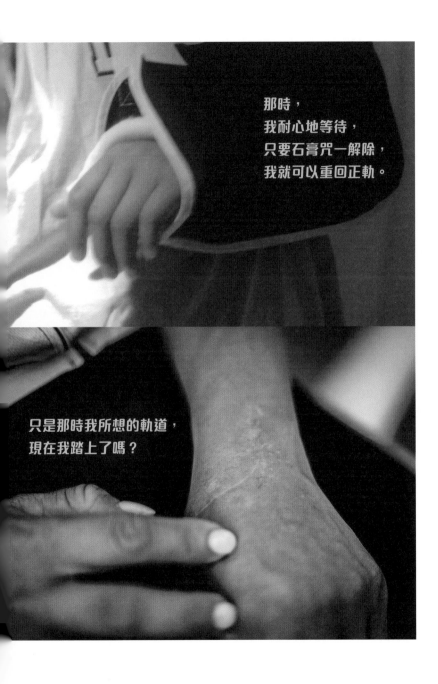

那時，
我耐心地等待，
只要石膏咒一解除，
我就可以重回正軌。

只是那時我所想的軌道，
現在我踏上了嗎？

就是一天又一天的挑戰。搬回體院的第二天，沒有人幫助，我怎樣也梳不出辮子來。夏天流汗多，我想到訓練時頭髮凌亂散落，就把心一橫，把及肩的頭髮剪短了。

但不是每個問題都像髮絲般一剪就斷，對解決不了的事，我總是告訴自己要積極適應，不要消極埋怨。為了讓手不再腫起來，我閒來無事就會像招財貓一樣半舉着手。為免在人多擁擠的地方被碰到，我會用右手緊抱受傷的左手走路。推門時，我會用左手手肘及肩膀挨近門；吃自助餐時，我會把碟子放在石膏上，用右手拿夾子；洗澡時，我會套上防水膠套，舉起左手，我還學會用右手拿筷子……受傷時努力地適應，當左手重出江湖之時，我這個半左撇子，已練成左右開弓，兩手俱利了。

哭，也無補於事

除了訓練外，物理治療和覆診是我最重要的工作。我每天都會到體院的醫學部進行物理治療，另外，我也會去何醫生位於中環的診所覆診。首一個月，每隔四天就去一次，之後是一星期一次。很多時候，儘管檢查只是光看兩眼，也要花港幣540元，換一個新石膏更要多花1000元。對當時津貼只有每月2200元的我來說，當然吃不消。我不願意家人為錢而操心，迫不得已把收據拿給沈教練，希望他先為我墊支。

那是手術後第一次見沈教練，他看到那些收據，傻了眼問：「你怎麼要那麼頻密覆診呢？」我仍然對手術前那通電話耿耿於懷。沈教練再細閱我的住院賬單，又瞪大眼睛問：「你知道你住醫院加手術費用了多少錢嗎？十萬塊錢呢！」我從沒有買過超過一千元的物品，連單車都是隊裏提供，對十萬元的消費顯然毫無概念。我無言以對，繼續靜靜地坐在沈教練面前，聽他訓話。回想起一幕又一幕徬徨：做手術前何醫生斥責，手術

身上的每道傷疤

延誤，手可能會廢；手術後三個星期，包着石膏的手，時有發麻，食指、中指和無名指依然舉不起來；覆診時，何醫生説，起碼要九個月我才能訓練，媽媽又不讓我回體院。想着，聽着，眼淚嘩啦嘩啦地湧出來。沈教練看着我流淚，沒打算安慰，反倒吐出一句：「哭有甚麼用？都已經發生了。」

失去就是失去了，沒有就是沒有了，沒有甚麼好哭的。

　　隊友曾經説，不要以為沈教練會同情你，斷骨對他來説只是一件平常事。到底沈教練是沒有感情，還是沒有人比他更明白——哭，是無補於事的？他當運動員的時候，遇上嚴重車禍，為了保全性命，把左腿切去了。他喜歡説：「失去就是失去了，沒有就是沒有了，沒有甚麼好哭的。」可是，我就是愛哭，我沒有他那麼堅強。

　　5月1日，我如常到體院進行物理治療。治療師一邊活動我的手指，一邊向我發牢騷，説對沈教練三個小時的疲勞轟炸無力招架。原來沈教練為了討論有關我康復及訓練的事宜，召集體院主席、單車聯會委員、體院物理治療師和何醫生，在前幾天開了一次三小時會議。治療師認為我有權知道會議的內容，就把會議紀錄列印給我。上面寫着：沈教練投訴手術安排不當、費用過高，他既不滿意醫生沒有跟體院和教練商議，就草率地告訴我長期不能訓練，又認為醫生誇大我的情況，令我和家人過於憂慮。最後，沈教練提出只有國內有合適的教練和設備，希望我在5月2日覆診後隨隊到上海訓練。

　　開會是教練最擅長的絕技，只要他心中有方案，儘管別人不認同，他依然會費盡唇舌把自己的想法演繹成一套又一套的

道理，然後以事實——即成績，去說服別人。他那打不死的毅力，有時嚇怕我，有時使我欽佩，有時使我生疑。他那種努力證明「我是對的」的執拗，使我開始自責，一方面怪自己使身邊的人操心，另一方面害他們被沈教練批評。

斷骨期間，我是否應該繼續訓練？運動員的治療手法，是否真的與普通人不同？沈教練為我做的一切，到底是成就我，還是會毀掉我？那一刻我沒有答案。

獨自感受風，獨自承受痛

5月13日，我聽從沈教練的安排前往上海。為了省錢，我們通常會買從深圳起飛的航班。從前過境巴士沒那麼普遍，去深圳坐飛機有兩個方法。一個是到中環坐船到深圳福永碼頭，再轉接駁巴士到機場。另一個方法，也是我們常用的，就是經羅湖口岸過關。不過，那是「過五關，斬六將」的過程：當時火車未有行李規限，我們會先叫客貨車載我們到上水或粉嶺。到了火車站，就要買火車票和行李票。因為拿着大型行李，為免阻礙其他乘客，站長會指示我們到最後一個車卡乘車去羅湖。到達羅湖後，我們又從車尾走到車頭出閘；過香港關口通常走自動閘機，自從有了「e道」後，出關已沒有那麼擁擠，也方便了許多；過關後，要走過分隔香港和深圳的羅湖橋。羅湖橋原本不算長，但拖着行李箱、單車箱走過，加上那離家的感覺，使心情和體力負荷加倍。過了橋，我們冒險托着大型行李乘自動電梯，往下一層樓的內地關卡。過內地關卡時要進行人像、指紋辨識，需時更長，加上閘口較窄，我們往往連同行李，被困於閘口中間，要等候職員解救。有時我寧可到櫃枱人手辦理過關手續。幾經波折後，我們又要往上一層，乘坐機場巴士到寶安機場，才真正開始辦登機手續。

每次過關，尤其是炎炎夏日，衣服就會濕得像洗過一次澡，惹來途人側目。每每走到羅湖橋，看到遠方的扶手電梯，想到辛苦的旅程才剛剛開始，就有打道回府的念頭。少了一隻手扶助，我拉着小皮箱和單車箱，走過那座不可折返的橋，既狼狽，又沮喪。

幾經艱辛，終於登上飛機。

斷骨一個月，我還以為一切都是夢。對未來的方向，我摸不着頭腦。我選擇重新開始跟從沈教練的指示，就像剛進隊的時候一樣。然而，往後的日子，沈教練像教會孩子踏單車的父母，放開了手，讓我獨自騎出去。

我獨自感受風，也獨自承受痛。

短距離單車賽事

啟：如果不了解賽規，觀賞單車比賽時，就像看着車手大亂鬥一樣。

詩：那我們先集中認識計時賽、個人爭先賽和凱林賽這三種短距離賽事吧。

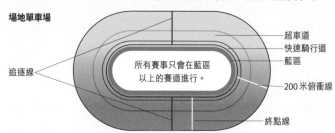

場地單車場

追逐線

超車道
快速騎行道
藍區

所有賽事只會在藍區
以上的賽道進行。

200米俯衝線

終點線

計時賽（Time Trial）是兩名選手分別從兩邊追逐線（Pursuit line）出發，當起跑器（Starting gate）放開，選手就在藍區以上的車道，全力加速至終點。男子騎行1000米，女子騎行500米，以時間最快為勝。

啟：那確是爭分奪秒的競賽。

詩：**個人爭先賽（Individual Sprint）**就是鬥智鬥力的表現。選手先單獨進行200米計時賽，採用「行進間爆發」（Flying start）方式，先繞行兩至三圈，最後200米衝刺並計算時間，成績較佳者會進入分組賽。分組賽以一對一方式，騎行兩至三圈，不計時，只以最先衝線者為勝。選手會運用不同戰術，例如刻意放慢速度使對手超車為自己破風，再從後突擊，或佔據前面位置，以戰術和速度阻止對手超越。

啟：爭先賽中，車手常常以貼近對手的方式越線，越線的規則是怎樣的？

詩：黑紅線之間是「快速騎行道」，紅線以上是「超車道」。當一名選手領先，進入紅線內的「快速騎行道」時，對手只能在紅線外的「超車道」上騎行越過他。由於「超車道」比「快速騎行道」長，在外圈的選手會盡量貼近內圈的選手。為了避免選手在越線時相撞，比賽規定，從後趕上的選手，其單車的後輪軸心超過前面單車的前輪軸心時，才可以越線。

啟：那麼你的比賽強項——凱林賽又是怎樣的？

詩：**凱林賽（Keirin）**，又名競輪賽，選手以集體起步形式，共騎六圈。首三圈由電動車（Motorized pacer）領騎，由時速30公里增至50公里。進入最後三圈，當電動車離開賽道，選手就互相競爭，以最先到達終點者勝，如比賽多於7人，會先進行分組淘汰。奧運中的凱林賽設有復活賽制，在首圈落敗的車手可以爭奪重返正賽的機會。

身上的每道傷疤

第三節 ｜ 缺一隻手訓練去

不是想像中孤單

那是一種痛，一種伴隨着孤獨的痛。

我在香港長大，對香港的歸屬感特別濃厚。出行，總是滿載恐懼。帶傷出行，倍感憂愁。一路上，我不敢埋怨，怕態度差了，別人不願意幫忙。而且，我確實沒有時間去埋怨，只能硬着頭皮，面對一關又一關的挑戰。

思緒在畏懼中徘徊，我怕成為隊裏的負累，怕數之不盡的不適應：當地的水、過油的菜、受限的網絡、語言文化……不論是內地還是世界哪個城市，只要那裏不是香港，陌生感就伴隨着我。從羅湖過關後，時間過得特別慢，我每分每秒都感到缺了一角。直至到達上海莘莊，與隊友們重聚，看到他們如從前般熱情，原本的我才慢慢整合出來。

重逢是一份難以形容的喜悅，瞬間的溫暖讓我誤以為一切從沒改變。我以為可以一如以往，和大家一起上公路、去場地訓練。可是，受傷的單車手就要接受殘酷的事實——不能跟隊友一起出發，只能天天獨自在固定的功率車上完成訓練。

莘莊是單車隊常去的地方，那裏的訓練設施不及香港，雖足以應付訓練，但是我不喜歡。昏昏暗暗的場地，令人的心情也跟着陰陰沉沉。只是，如今不管喜歡與否，我也得接受——我告訴自己。

翌日，訓練開始。熾熱的心在我完成三十分鐘三組的耐力訓練後冷卻下來。我想起和大家一起訓練時，聽見彼此的打氣聲；想起快要掉隊時，師兄師姐從後推我的力量；想起訓練後一起回宿舍，苦樂與共的時光……快樂的回憶在孤獨的時候，更讓人難受。

我勉強完成下午的力量訓練，獨自回宿舍。那兩三分鐘的路上，人、樓、樹變得格外陌生。回到房間，我靜靜地坐在窗邊，等待隊友們訓練回來，也等待孤獨感散去。我以為自己會像盼待爸爸回家的小女孩一樣，一聽到熟悉的腳步聲，就走出去迎接。

　　天色漸黑，他們終於回來了！我依舊坐在窗邊，看着他們邊走邊說笑。我感到自己是個局外人，下意識躲在窗簾後遠眺着，羨慕着那響亮的歡笑聲。

　　第二天，上下午的功率車訓練都有非香港隊的運動員像「輪班」般陪我完成。不同項目的運動員，保持不同的踏頻和喘氣聲：時而急速，時而緩慢；他們的教練發出各式各樣的吶喊聲：時而平穩，時而激昂。聲音混合起來像交響樂，振奮人心，給我一點點動力，堅持下去。

　　第三天早上，我終於能跟隊友們一樣訓練體能！我們在田徑場上跑着，那是我久違的熟悉感。迎面吹來的風，很溫暖，

迎面的風提醒我，
不是想像中孤單。

雖不如騎車時感到的風爽快，但對一個月沒有騎車的我來說，心滿意足。

　　每當我以為自己熬不過去之際，情況又非想像般糟糕。夏日的微風撲臉，暖意迎面而來，像悄悄地撫平我的哀愁和痛楚，提醒我，其實不是想像中孤單。

睡在功率車上

　　五月天，賽季開始了。

　　場地組和公路組分散在不同的地方作賽。公路組到日本參加環島單車賽，由張小華教練帶隊。場地組則到山東日照參加中國場地冠軍杯，由夏秋曉教練帶隊。沈教練吩咐我跟着場地組邊訓練邊幫忙。我心裏十分忐忑，想去看看比賽，學習學習，又怕成為隊裏的包袱，幫不到忙幫倒忙。

　　上海去日照只需六小時車程。夏教練開着客貨車，特別安排我坐副駕駛座，讓我坐得舒服點。我反而覺得不太自在，只想跟隊友在一起。夏教練來港隊工作才一個月，聽說他在黑龍江隊的時候很嚴厲，不過他十分疼愛運動員，會記着每個運動

員的生日。我慢慢感受到他的貼心，他把楊梅遞給我，說：「不時不吃，整點，敞開吃。」他的東北口音特別重，我看着他呆了一會，又看着他手上的楊梅呆了一會。

「在香港，很少嘗到楊梅的。」他又說。我戰戰兢兢地接過楊梅，一顆一顆放進口裏。雖說是當造，但楊梅酸得我牙齒發軟。我又不敢在夏教練面前吐掉，吃着吃着，竟然喜歡上楊梅表面的磨砂感。我吃上癮，一路上大口大口地吃。到達日照時，楊梅吃得七七八八。大概是吃多了，牙齦陣陣酸痛。

翌日，夏教練忙於賽前準備。我怕煩擾人家，甚麼都不敢提出。夏教練卻選了一台較好的功率車，親自調好座位高度，運到酒店給我。房間剛好能把功率車擠進去，我把它放在牀邊。

擁有一輛專屬的單車，使我安全感倍增。我的功率車是由幾根藍色鐵管簡單製成的固定車。功率車沒有精心挑選的物料，又笨又重，但它穩打穩扎，抵受得住衝刺時身體的搖晃和腿部蹬出來的力量。功率車的前輪沒有輪胎，因為輪子不是為了前進，而是為了增加阻力。每根輻條均有一片可動扇葉，把扇葉翻起來，輪子轉動時，它們便迎着風，加大騎行的阻力，通常在「衝機」（爆發性訓練）時用。我總喜歡翻開一兩片，讓它如風扇般吹着，使室內的空氣不至於停滯。我在牀邊訓練，累了，就在功率車旁睡覺，功率車漸漸成為我親密的伴侶。

隊友們都不喜歡功率車，嫌它笨重，也不喜歡騎行時發出來的「隆——隆隆——隆」的聲音。起初，我也是，但多騎幾遍，便接受了。我對單車的愛深得像愛一個人，能接受「他」的一切。我把心跳錶綁在車把上，腿就自動自覺地攪動。我感受風絲絲吹着，聽着功率車像大風車發出呼隆呼隆的聲音。我閉上眼，感受它，想像它跟我喜歡的場地車一樣輕盈，又幻想前方是一條公路，我輕快地、無拘無束地騎着。我聽見樹葉颯

颯作響，葉的影子跟隨風的韻律，在皮膚上盪漾。隨着腳頻增快，風不敢怠慢，越吹越急，瞬間帶走了我流下來的汗水，陣陣的涼意，紓解了腿部的疲勞。

十八歲，算是成年了吧？我該拒絕孩子氣，拒絕虛無的幻象在腦海中盤旋。可是，那天我就讓自己歇一歇息，閉上眼睛，活在想像的快樂裏。小時候，我會花許多時間做白日夢。後來被催促長大，便再容不下半點荒唐和稚氣。年齡束縛着思想，思想約束着情緒和行為，不能不切實際，不可耽於逸樂，情緒總被環境繃緊……只有在功率車上，我才能盡情幻想，把時間奢侈地虛耗掉。

傷兵的難耐

比賽的日子不知不覺來臨。中國冠軍賽不是大型比賽，對其他人來說，不參加，如同上班或上學缺席一天，無傷大雅。

短暫的休息，
抑或永遠的停步，
要看你能否忍耐多一陣子。

但對我而言，這不只代表少了一場比賽經驗、一個實戰機會，也少了跟隊友並肩奮鬥的時光。我更擔心的是，以我左手的恢復情況，是否還能參加四年一度的亞運會。亞運對香港運動員能否獲得資助尤其重要。表現優異的，不單每月的獎學金有所提升，讀大學的資助也會得到保障。為了亞運夢，我願意離鄉別井，到不同的陌生城市集訓。我安慰自己，一切只是暫時，暫時離開香港，暫時受傷，暫時不能騎出去，暫時孤單，暫時忍耐一下⋯⋯

在上海的時候，我們下榻的金海花園大酒店，距離單車場五公里，隊車去場地需時十五分鐘，騎車則要多花一倍的時間。不過日照是旅遊區，車不算多，路也寬，大部分運動員寧願騎單車去賽場當暖身。因為我不能騎出去，只能坐夏教練的隊車去場地。隊車超越一個又一個單車羣，我的心情跟着起起伏伏。我想和大家一起騎車⋯⋯養傷最要緊，乖乖坐好⋯⋯我想在單車上感受風⋯⋯再忍耐一下吧，乖乖坐好⋯⋯

夢想與傷痛，如影隨形。
我告訴自己不能停，不能讓傷痛掩蓋夢想。

　　比賽分為三天，每天我都會跟夏教練到場地觀賽，之後才
開始訓練。比賽期間，夏教練亦會安排不同的工作給我：提提
輪子、打打胎氣、幫助長組運動員計計總分⋯⋯似乎不想讓
我有閒餘去想傷患的事。這樣也好，如果大家都忙於比賽，只
有我一個人游手好閒，我會十分愧疚。作為一個傷兵，能幫上
一點忙，心裏會好過點。那時，我特別自卑，特別敏感，特別
容易失落，常常為了小事哭，別人也不明所以。為了不影響大
家，我只是偷偷躲着哭。做手術的事已經麻煩別人，我不願再
煩擾他們。我就那樣鬱悶着，生病了。五月在疾病和傷患中，
悄悄地離開了我。

習慣成不了自然

　　大伙兒完成比賽，我們由日照轉至安吉，與公路組會合。
安吉的天氣越來越熱，每天都超過攝氏三十度。雖然手已習慣
悶熱，但我還是滿心期盼擺脫臭石膏那一天，盼望回香港的那

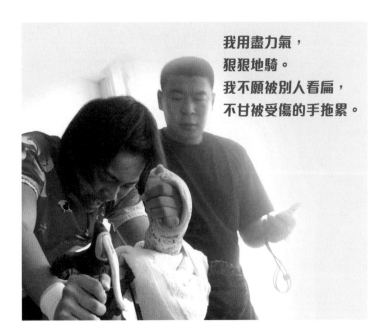

我用盡力氣，
狠狠地騎。
我不願被別人看扁，
不甘被受傷的手拖累。

一天。斷骨已經兩個多月，拇指時常隱隱作痛，骨頭癒合大概要三個月。運動員的新陳代謝較一般人快，應該更快痊癒。我當了兩年運動員，應該也有超人的恢復能力吧！

六月中旬，夏教練買了一條大毛巾、一些粗繃帶和一把剪刀回來。三十分鐘暖身完結，我原本打算按計劃進行耐力訓練。夏教練忽然說：「我們今天試一下衝吧！」說罷，他把旁邊的大毛巾放在功率車車把上，讓我把「石膏手」擱在上面。厚厚的毛巾像汽車的安全氣囊，減少手和車把碰撞所產生的震盪。他用粗繃帶把我的手、毛巾和車把纏在一起，看起來穩穩實實的。媽媽看到的話一定心痛得喊停。我卻自我感覺良好，率先試了一個行進間五秒爆發。夏教練見我爆發時，手沒有絲毫震動，便安心安排我做一個半行進間五秒爆發。腿使勁加速時，手依然牢固地綁在車把上，夏教練就更放心，叫我做一個原地

起動的最大爆發試驗，那是受傷後第一次最大動員。

「五、四、三、二、一，走！」兩個月沒有進行爆發力訓練的大腿，被夏教練的倒數號令喚醒。我用盡力氣，狠狠地騎，儘管肌肉因為手的限制，不及以往有力，但憑着功率車發出強大的風鳴聲，雙腿證明短距離依然是它們的強項，它們不願給別人看扁，不願被受傷的手拖累。夏教練很滿意我的表現，當然也欣賞自己設計的手把托。他繼續讓我騎十五秒起動四組。我十分興奮，前所未有地賣力。訓練後，我的腿像忽然斷電的機器，一點都攪不起來，連下車的力氣都沒了。我只好趴在車把上，手把托上的毛巾正好墊着頭。夏教練拍拍我的背說：「第一天難受不？」我累得答不出話，以大大的喘氣聲示意。

自此以後，受傷期間的訓練不只體能訓練和耐力訓練，還加插了爆發力訓練，更新增跑樓梯課和走路課，練法多元化，生活更充實。儘管我知道一切都是自我安慰的話。由於手的限制，我的訓練比隊友們早結束，訓練後往往要等一小時，甚至三小時以上，待大伙兒訓練回來才一起吃飯。好幾次，他們忘了喊我，吃完了才記起我。我只好餓着肚子，抱着枕頭哭。師兄們解釋說大家騎了二百公里，累壞了，又買零食逗我笑。我牽強地掛上笑容，希望看上去是滿不在意的樣子。

誰說習慣成自然？那被遺忘的感覺，我怎樣也不習慣一笑置之。我始終不習慣一個人，不習慣被丟下。我靠在窗邊，等待着大家回來時大喊：「我們回來了！快下來一起吃飯吧！」

爆發力訓練／功率車、場地車和公路車

啟：爆發力訓練也有不同方式，Sarah，對嗎？

詩：爆發力訓練大抵可分成三種。

1 原地爆發 (Standing start)，即教練一發號施令就馬上衝刺。

2 半行進間爆發 (Walking start)，先慢速騎行，直至教練號令就衝刺。

3 行進間爆發 (Flying start) 或稱為俯衝，以高速騎行，然後突然衝刺。

以越慢的速度起動，爆發時腿部所用的力量就要越大，手和腰腹承受的力量也越大。

啟：為甚麼要練習不同的起動方式？

詩：迅速、有力的起動是短距離比賽的致勝關鍵。比賽有不同的起步方式，例如計時賽是「原地爆發」，爭先賽、凱林賽是「行進間爆發」。所以，身體要練習在不同情況下把握最準確的時機，以最迅速的反應，發揮最大動員。

啟：另外，功率車、場地車和公路車有甚麼不同呢？

詩：功率車是訓練用的儀器，固定在一處。你可以理解為在健身房的單車機，但功率車的結構可以很簡單，不一定配備其他電子計算功能。至於場地車和公路車都是可以實際騎行的單車，只是用於不同比賽場地。兩者的最大分別就是場地車沒有剎車，俗稱「梗牙」或「死齒」。它亦沒有變速器，不可「轉波」。

啟：沒有剎車讓單車停下來，選手比賽時豈不是很危險？

詩：恰恰相反！正因為沒有剎車，選手才不會在高速騎行的時候突然停下，令其後的選手被撞倒。我們會反方向踩踏板慢慢減速，避免「炒車」。

啟：那我們平日使用的單車是不是公路車？

詩：那種是休閒車。你仔細留意一下，休閒車的手把通常是「直把」，而比賽用的公路車是「彎把」。「彎把」方便單車手騎行時壓低身體，減少風阻。休閒車的車頭較高，騎行時可以坐直身體，比較舒適。

第四節 ｜ 瞞着家人做手術

為何霹靂總在晴天

拆石膏的日子尚餘半個月。因為回鄉證快過期，沈教練安排我回港辦理續證。再次獨自經過羅湖橋，歸心似箭，就算拖着再重的行囊，流再多的汗，我也在所不計。三個多月的修煉，我以為我自立了，懂事了。其實我只是硬撐着，勉強適應獨臂的生活。有時不禁傻傻地想：人類本是羣居的動物，為甚麼我們從小就要學習獨立？

在日照時照的 X 光片顯示斷骨隙間有陰影，骨頭正在生長。如無意外，回香港拆了石膏，我就能正常訓練。每每在孤單的日子，我就激勵自己：只要拆了石膏就能馬上歸隊，與大家並肩同行，出戰亞運。怎會想到結果不似預期？

7月12日，我如常到何醫生的診所檢查。片子跟之前照的截然不同，那三毫米裂縫間，骨頭根本沒長分毫。何醫生說骨痂已經長出來，骨頭正在癒合中，讓我再等待兩個星期才拆石膏。

究竟我等待的是甚麼？是奇跡，還是打擊？我開始擔心如果骨頭長不好，怎麼辦？我還得承受多久孤獨的訓練？何醫生托一托眼鏡，如常安慰我：「那塊骨頭跟鎖骨、大腿骨不同，是供血最少的地方。不過不用擔心！很快會康復的。」

兩星期後，他竟搖搖頭，用駕輕就熟的醫生腔調說：「你的康復進展不佳，需要做第二次手術，但情況並非很壞，我先把石膏拆掉，再決定處理方法吧！」電鋸沿着石膏往下切割，在近拇指那一邊，好像黏連着甚麼，動一動就痛！我像小孩般嘩啦嘩啦地叫嚷起來，護士也被驚動得探頭進來。原來石膏的邊緣起角，割損拇指第二節。割傷的皮膚因長時間被擠壓，已沒

有出血，但所傷及的皮下組織，約一厘米長的傷口顯而易見。我還天真地問何醫生為何會傷得那麼重，他支支吾吾，說不出所以然，反問：「那麼痛你怎樣能忍受呢？」當時我毫無保留地相信他，直至康復後我才醒覺手術有失敗之嫌，他應該有所隱瞞。只是一切已成定局，再追究已無意義。

我看着手上的兩道傷疤，無語。放下一千元，離去。

我往縱橫交錯的地鐵交匯點走去，下班的人在身旁穿插。我淚流滿面，淚水溶掉四周的廣告燈箱，發散成五顏六色的波光，我在往復迴環的惡夢之中，不知從何而來，不懂該往何處。

我打電話給玲，她響亮的聲線蓋過四周的雜音，親切的臉頓時在我腦海中浮現。我無法控制巨石般的淚珠，任它們從眼眶傾盆而下。

「玲，我不明白，我已經很努力做恢復訓練，為甚麼還沒有康復？為何天意總是弄人？」

「沒事的、沒事的！一定會好的！不用擔心！有我陪着你。」

再捱一次霹靂的刀鋒

在我還沒有想到如何向沈教練交代時，何醫生已經向物理治療師 Phoebe 交代跟進事宜。Phoebe 亦很快轉達沈教練。沈教練得知我的手患還沒康復，大發雷霆，找何醫生、單車聯會和體院醫學部一眾職員，召開了好幾次沒有我參與的馬拉松式會議。幾天後，他找我單獨談了兩小時，都是連骨帶刺的責罵，矛頭指向我錯誤的決定。

他滔滔不絕：「我認為何醫生當初是為了賺錢而危言聳聽，你又急着做手術，不聽我勸告，結果就變成這樣！會議已決議讓你進行第二次手術，但醫生必須換！X 光片顯示，骨頭上的那四根鐵釘，根本沒有把骨頭連住，為任何人做手術也不

能那麼輕率，何況是為一個運動員？我當了教練近二十年，見過骨折的運動員多不勝數，你不是惟一一個摔斷舟骨的。1987年第六屆全運會，現任上海隊主教練鄔偉培摔車，斷的就是這塊骨頭。我用繃帶把他的手緊緊綁在手把上，他照樣能比賽，還拿冠軍呢！你付了那麼多錢，那個醫生卻害了你，你必須換醫院，必須換醫生，自己好好想想吧！」

我想？我想到的是，在我不知所措的那時，只能聽從醫生的話。難道這個決定錯了嗎？

這個問題在我嘴邊躊躇，和眼角的淚一樣，不敢貿然衝出來。面對再難聽的話、再多的指責，我沒有反駁半句。

他是主教練，我應該尊重他；沒有他，香港單車隊就不會發展起來，也不會造就亞洲車神黃金寶。我坐着，忍着，試着放空腦袋，不記住他的話。

一如沈教練所說，我被安排從港安醫院轉至威爾斯親王醫院繼續治療。由於我是運動員，院方特別安排我儘快接受手術。可是沈教練的想法永遠令人意想不到。手術前幾天，沈教練忽然說他認識一個有豐富運動醫學經驗的骨科醫生，安排我去北京治傷。於是，在毫無心理準備下，我去了北京一趟。

我多想結果是令我喜出望外的，可惜沒有。沈教練那個醫生說的，與之前內地幾位醫生的意見如出一轍——做手術還是回香港做好一點。

深呼吸，回家去。

就這樣，北京之旅完結了。8月17日，我如期到威爾斯親王醫院做磁力共振檢查和手腕活動幅度檢查。我怕家人擔心，沒有讓他們知悉要再做手術。體院雖安排一切，但並沒有安排人陪同。我獨自走進醫院大門，開始膽怯起來。現在，我真真正正獨個兒面對人生大事，但沒有一件事在我的掌握之中。

第二位替我做手術的醫生恰巧也姓何。這位何醫生又是一副老實的樣子，說話時，嘴邊的法令紋若隱若現。他把所有報告、手術的過程詳細講解一遍。第二次手術屬於植骨手術。他會在我的盆骨裏取一些鬆質骨，填補左手骨折處。他在三處地方開刀：第一刀是沿「蜈蚣」向右割開，使它搖身一變，成了缺花的莖，使我真想在手背補上一朵紅玫瑰。另一刀位於掌心近手腕的位置。傷口細，顏色淺，沿着事業線向下延伸，如果掌相命理真靈驗，那一刀可能改寫了我的事業運呢。第三刀隱藏在大腿右邊髂骨邊緣，比腕上的傷疤深，是手術後最痛和最影響訓練的傷口。

入院前夕，不知道哪裏來的怪主意，我竟相約曾啟明教練在手術前的早晨唱卡拉 OK。他一口答應，清晨五點多來到體院門口接我。我與他一直唱，唱了三小時。由此至終，他沒問因由，也沒有提及過我的手。他知道，我需要的是純粹的陪伴。離別時，我激動地擁抱他，答謝他的陪伴。他拍一拍我的肩說：「傻女，加油呀！」

逞強的代價

手術前，護士看我年紀輕輕，沒人陪同，自己簽下同意書，問我怕不怕。我笑着對她說：「沒有甚麼可怕！」哭是沒有用，怕也沒有用。沈教練不喜歡弱者，沒有人喜歡弱者。我閉上眼，麻醉藥還沒有見效。我不想有怕的感覺，哼着歌麻醉自

己。朦朧中，我想起上一次做手術，家人陪伴在側。忽然很想他們在身邊，陪我哭，陪我怕。

醒來後，我沒有吐，也沒有暈。身體的運動細胞開始按捺不住。我要求下牀，但護士堅決不讓。牀邊圍着圍欄，要去洗手間怎麼辦？我問護士。她嘲諷說手術後身體不會那麼快把廢物排出，有需要時她會來幫忙。我暗暗不爽，自覺運動員的恢復能力異於常人。

過了一天，我又向值班護士提出下牀的請求，她看我精神充沛，就允許了。誰知我一進洗手間就感到暈眩。當值的護士長哭笑不得，扶我回牀休息，然後把牀邊的圍欄再次升起來。

我不喜歡整天被困在牀上，更不喜歡無法洗澡的感覺，只是「勉強無幸福」，惟有做一些臥牀也能做的事情。我側着頭，觀看房間惟一一台長期開着卻沒有聲音的電視機。當電視被布簾遮擋時，我拿起自己帶來的唱片，抄寫裏面的歌詞。當時上網功能還未完善，看《聖經》和抄寫就成為我打發時間的「娛樂」，那時起，我就開始從《聖經》學道理，用寫作梳理內心感受。

當何醫生巡房時，我滿有自信地要求出院。何醫生竟一口答應，吩咐我通知家人下午出院，令我一時措手不及。我要往哪裏去呢？有家歸不得，體院又沒有臨時安排住宿。不過我愛面子，裝作從容地回答他，我能獨自出院。

我必須想一個不讓家人知道自己再做手術，但又有落腳之處的方法。記得小時候，我和表妹偉偉常常在一起，跑跑跳跳，說說笑笑，童年就這樣簡單地過去了。姑姐總笑言我是她的第五個女兒。想着想着，不禁哭起來，忍不住撥通姑姐的電話。姑姐沒問因由，依舊以和藹的語氣說：「無論發生甚麼事，姑姐都會支持你，在你的身邊。」我確實是個愛哭貓，聽到電

話裏温柔的聲線，我泣不成聲，含糊不清地訴說着無家可歸的苦衷。姑姐二話不說，答應收留我，還替我保守祕密。

說了第一個謊話，就要說更多來圓謊。手術後兩星期，何醫生已經把我的石膏除去，我決定回家見媽媽。手上依然戴着膠手托，媽媽質疑我是否有所隱瞞。我動一動關節，證明手托是為了保護初癒的手腕。後來怕她不相信，我乾脆一回去就把膠手托除下，以免她再追問。

但是，說謊始終不是我的強項。我不願意父母操心，可惜事與願違。兩個多月來，每當媽媽問東問西，我就會發很大的脾氣。他們把我養育成人，怎會不知道我的脾性？看我那麼暴躁，就知道事有蹊蹺。媽媽開始質問，既然我康復了，為甚麼沒有隨隊離港訓練？為甚麼那麼久也沒有比賽？

我慢慢露出破綻，機靈的哥哥發現慣用左手的我依然用右手拿筷子吃飯。有一次，他看見我的袋子裏藏着膠手托，小聲問：「詩詩，你的手是不是還沒有好？」

不過，我依然嘴硬，由此至終都沒有向家人道明一切。直到2007年，我拿到第一個成年亞洲獎牌，傳媒終於把我瞞住家人做手術的事披露出來。

養兒一百歲，長憂九十九。媽媽當然責怪我意氣用事，只是，人類不是注定要學會獨立嗎？

那不宣之於口的
是對你温柔的守護。

骨頭的癒合與再生

啟：有些人認為骨頭是沒有生命的。其實，骨頭是不斷新陳代謝的活組織，
　　不過，骨折後癒合的原理是怎樣的呢？

詩：骨頭主要由骨膜、骨質和骨髓三部分組成。骨膜是覆蓋在骨表面的軟組
　　織，內有血管和神經，負責供應營養。骨膜內層的骨細胞會增生新的骨
　　層，使受損或骨折的部分能癒合和再生。骨折後，折骨的周圍會馬上腫
　　脹和出血，形成血塊包圍骨折處，此血塊稱為軟性骨痂。軟性骨痂會慢
　　慢變硬，骨骼亦變得穩定，再形成硬性骨痂，並逐漸重建成為正常的骨
　　骼。癒合期取決於骨骼大小、骨折的嚴重程度，以及骨骼周圍的營養和
　　血液的供應量。

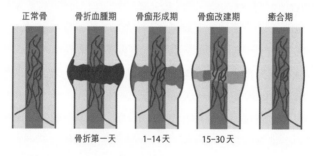

啟：一般來說，骨折有哪些治療方法呢？

詩：如果只是閉合性骨折，最常見的做法就是用石膏或支架將受損的骨骼固
　　定在原本的位置，讓骨頭慢慢癒合、重建。其次就是做手術，用鋼條、
　　鋼針、骨板或骨釘將骨折的部分固定，防止它們移位，新骨會跨越骨折
　　的部位，重新長出正常的骨骼。

啟：「植骨手術」是怎樣操作的呢？

詩：我做的「植骨手術」屬於「自體骨移植」：先打磨骨折部分旁邊的硬骨，
　　再抽取盆骨的鬆質骨，補償骨折缺口。接着鋪上纖維膠水，再以鋼釘或
　　螺絲固定，骨骼便會慢慢癒合。最後取走鋼釘，如果是採用螺絲，就無
　　須再做手術取出。

啟：為甚麼要用盆骨的鬆質骨作植骨材料呢？

詩：一方面，盆骨是較不影響功能的部位。另一方面，鬆質骨由許多針狀或
　　片狀的骨質互相交織而成，是相對堅固的骨質，更會按照壓力和肌肉牽
　　拉力的方向而變化，較容易配合植骨和原骨（Host bone）的癒合。

第五節 | 失去與擁有

第三次手術

意志能承受多少痛苦？

左手受傷以來，我一直怕別人為我擔心，為我費神，即使面對再多困難和恐懼，我也不願意展露人前。

第二次手術完成將近兩個月了，X光片顯示舟骨依然沒有癒合。何醫生凝重地問我：「康復後你真的希望繼續當運動員嗎？」家人、朋友、體院職員、治療師、沈教練⋯⋯大家輪流問同樣的問題。我總是開懷地告訴他們：「騎單車用腿的！不用擔心。」我一直抱持樂觀的心態，直到迎接第五個石膏，直到我認為我能夠代表香港出戰多哈亞運的機會越來越渺茫，直到看到內窺鏡的檢查報告。

何醫生滿臉愁容，吐出我要進行第三次手術的消息。手術的成功率幾乎百分之百，但是手術後手腕的活動幅度會有所限制。這意味着我的能力會下降嗎？意味着我的運動員生涯因而受限嗎？我若有所失。

我再三憶起第一次手術前，沈教練在電話中的話，責怪自己執意不從，答應了何醫生做第一次手術，才會迎來第二次、第三次手術。半年間，我已經歷了兩次大手術和三次小手術，即將要面臨的，不只皮肉之痛，還有心靈的傷害。我擔心得整天淚灑人前。哭着埋怨、哭着訓練、哭着吃飯、哭着治療、哭着睡覺⋯⋯我想我的情緒已經到達崩潰的臨界點。味蕾適應了淚水的鹹鹹，我也適應了涕泣人前，適應了旁人竊竊私語。

沈教練的訓話像警號般在我耳邊不停迴盪：「哭有甚麼用？都已經發生了。」除了哭，我還能做甚麼？對訓練的方向，我越想越迷惘。運動員訓練本是為了比賽，不能比賽，我的訓練

又有何作為？才剛滿十九歲，就因為一塊像蜜豆般的小骨頭而停滯半年。我不甘心。

北斗星的指引

　　我的單車路越來越難走，支持我繼續走下去的人亦越來越少。一開始說服我成為全職運動員的機械師忠哥哥後悔地說：「如果當初知道你會傷得那麼重，我肯定不鼓勵你進隊。」連第二次手術前陪我唱 K 的曾教練也語重心長地勸我退役。

　　媽媽終日愁眉苦臉，嘮叨着，想我回心轉意，和姐姐一樣讀書去。姐姐也趁機說服我：「你才停學兩年，再背起書包，問題應該不大的。」家人覺得我選錯路，勸我回頭是岸。好言相勸猶如酒精消毒傷口，灼痛傷處。

　　他們不明白我。

　　傷患蠶食着意志。每天起牀，看着鏡中憔悴的自己。我用毛巾擦去臉上半乾的淚痕和鼻涕。紅腫的眼睛和鼻子，越擦越礙眼。儘管如此，我還是拖着身體訓練去。

傷患蠶食意志，但我還是拖着身體訓練去。

無論多沮喪，我也要繼續練下去！

走進體能室，我試着藏起淚眼汪汪的樣子。可是，眼睛像壞掉的水龍頭，淚水不爭氣地流出來。身體每個部分也像失靈的機器，完全不受控制。雙腳麻木地跑着，雙手胡亂地揮動着，橫膈膜沒規律地上下移動，汗水從每個毛孔失控地跑出來。我的身體比我更清楚，訓練是徒勞無功的，但是他們不願停下來，還想繼續燃燒下去，為的是證明自己有能力走下去。

現實是殘酷的，體育世界比現實更殘酷：沒有成績就會被淘汰。作為一個運動員，我難道不清楚這一點？原來的體能教練已經把我轉交給另一名新入職的體能教練接管。亞運前一個月，我仍不清楚訓練計劃的安排。我想，我即將被淘汰。

剛入職的 Del 看見我，走到我身旁的跑步機，一起跑起來。

「我也要減減肥呢！你就陪我跑一小時吧！」

身體一收到命令，就不自覺地跟着跑起來，那大概是運動員的自然反應吧。任性的淚腺頓時安定下來。腳掌輪流踏在跑步機上的聲音，像拍子機，把凌亂的思緒和呼吸調回正軌。腦袋清空了。那是久違的感覺。

在體能室，Del 找了一角，邊拉筋，邊跟我聊天。一聽到「亞運會」三個字，我的淚水又決堤了。Del 於是遞來紙巾，微笑道：「缺席一屆亞運，你可能感到遺憾、沮喪，但別忘記每個厄運都伴隨着同等分量的機會，只是你仍未發現而已！既然將來的事不能控制，就控制你所能控制的今天，就像現在一樣，努力練習，努力治療。等機會來到，你才有實力去爭取。明白嗎？」

他搭緊我的肩，充滿信心地說：「黑暗的日子不會太長！我陪着你。You will never walk alone!」

每個厄運，
都伴隨着同等分量的機會。

如瀑布噴湧的淚水凝住了。我看見光芒。光芒在眼角燦爛地閃動，一閃一閃，Del 的出現像北斗星，在孤寂的夜空閃爍着，給予人希望。

那時，我的天空黯淡無光，看不透身邊發生的事。

我不想再哭了。撥開了迷霧，我看見無數星星。

營養師 Susan：「不如我們一起去健身中心跳健康舞吧！」

心理老師 Polina：「反正現在療傷，我幫你安排每星期做反應和集中力訓練吧！」

科學部同事 Anson：「沒有訓練計劃並沒有甚麼大不了，重複上星期的訓練計劃，看看自己有沒有進步，不是很好嗎？」

科學部同事 Mei：「神不會讓你孤單一人的，世人可能不明白你，但耶穌被釘在十字架上，他一定比任何人都了解你。」

梁志賢師兄：「趁現在我教你修理單車吧！以後就不用靠別人了。」

運動員事務部職員 Amy：「不用擔心，我可以給你安排英文補習，以後不管騎不騎車也管用。」

星火一直陪伴失落的夜空，照暖漆黑的天際。他們猶如天上的星星，從沒有離開我，無論是風清月朗，還是烏雲密佈。

「You will never walk alone！」是真的。

力補不了的不足

我重新振作，開始了充實的生活模式。每天早、午、晚進行三節訓練課；逢星期一、三、五去找 Polina 訓練集中力和反應；逢星期二、四補習英文。時間在忙碌中悄悄流逝，工作的確是最有效的麻醉方法，我忙得沒有餘暇去胡思亂想，沒有精力去感受痛，甚至差點忘記了長期與傷患作戰的恐懼和前路茫茫的不安。

自九月起的每個週末，我跟 Mei 回教會參加崇拜和團契。未信主的時候，我總覺得自己在參加社區中心的活動，後來我開始讀經，漸漸理解基督信仰。

在手術前的週末團契，教友為我祈禱，他們的禱告聲填滿了我缺失的心靈，安慰着我傷痕纍纍的身心。我的內心忽然平靜下來。那是隱形卻堅固的保護網，看不見、摸不着，但賜予我無比的力量。

我與神相遇了。我把一切不安交託神，靠神的力量面對痛苦和茫然的未來。我嘗試接受「退役」一詞，亦慢慢理解它的意思。每個運動員都會遇上「退役」的一天，就像每個人都會死亡一樣，即使多不捨，多難過，也無法逃避。我告訴自己，如果到了該放手的時候，不會執意孤行，接受就好了。

11月9日，我迎來人生第三次大手術。我畢竟是個老練的傷兵，對入院的程序駕輕就熟，輕輕鬆鬆就辦完手續了。再次被推進手術室，我不再恐懼。我撫摸着身上每道手術後留下來的疤痕：蜈蚣的花莖、掌心延伸的事業線、內窺鏡手術所開的小洞兒、盤骨上的疤。傷疤是真的，過去的痛苦也是真的，風霜依然深深印我的記憶中，但進入手術室那一刻，我坦然無懼。我知道我並不孤單，他們都陪伴着我。我知道有一個人會明白我的痛，就是被釘在十字架上的耶穌。

手術後，我按威院安排，逢星期一、五做職業治療，星期二、四做物理治療，我把這些復康運動都列入訓練的一部分，想着全速恢復。我已經接受沒有獎牌，早晚會被淘汰的命運。但我意想不到，殘酷的現實來得這麼快。

　　一月中旬的下午，單車部祕書忽然找我，說要取消我在體院精英閣用膳。我的腦海一片茫然，那不是意味着我被降級了？那一絲希望，那一點機會，尚未出現，我就要止步了。我的努力還未見成果，就被趕出場了。大半年的訓練徒勞無功，兩年多的運動員生涯，就此被迫結束。

　　我不敢走近體院餐廳，覺得自己還留在那裏，十分羞恥。我不敢抬頭看其他運動員，怕別人說我耍賴，說我不要臉，混飯吃。我躲開人，只有科學部同事 Anson 在遠處看到我有異樣，主動走過來了解我發生甚麼事。我一五一十地告訴他，他不以為意地說：「反正沒有人陪我吃早餐，不如你這個星期陪我吃？我請客！」

　　連我自己也打算放棄的時候，身邊的人卻不放棄我，除了一班一直支持我的體院伙伴，還有好友玲。

　　「你那麼熱愛單車，如果你現在就放棄，將來一定會後悔的！」

　　她由此至終支持我，即使教練和醫生都否定我的能力，她還堅持說：「你可以的！」或許她不明白體育界的殘酷，但她了解我，了解我如果因為半途而廢而失去所愛，會悔恨終生。人生得此知己，足矣。她說得對，在哪裏跌倒，就要在哪裏站起來。

　　還未到我該放棄的時候！

手腕上的玫瑰花莖

　　再次走進威院骨科門診，已是六年後的入秋時分。

2013年，全運會前一個月，我的手腕忽然痛得連筆也拿不起來，還隆起一個顆粒。我慌張得馬上打電話給何醫生。我怕影響比賽，怕去不成全運會，怕全職生涯就此完結。何醫生即日安排我進行檢查，看到他之後，我的心才平靜一點。

「問題不大，只是有點發炎，給你開點消炎藥吧！另外，你手腕的活動能力比手術後差，X光片顯示，手腕融合的骨頭跟前臂橈骨有連起來的跡象，手腕活動能力對你騎車有影響嗎？」

「騎單車用腿的！不用擔心。」

由於我的左手手腕關節永久失去活動能力，連帶着整隻手的力量也較右手差，需要借助左肩肌肉發力，久而久之出現高低肩的情況。在公路訓練時，只要一遇到較為顛簸的路段，手就會痛，不過，痛楚遠遠不及2006年盛夏所承受的煎熬難受。

那段接近一年的斷骨經歷，成為日後支撐我意志的中流砥柱，自此身體對痛苦似乎多了一層免疫力，像高強度訓練時的肌肉酸痛、每月經痛、進行其他治療時要承受的痛楚，我通通都不怕。按摩師總笑說：「要麼是你的痛覺失靈，要麼是你的皮膚根本缺了痛感神經。」在「百痛不侵」的情況下，我能比別人承受更高強度刺激的訓練，不管甚麼訓練內容，我也跟得上計劃，甚至超額完成。

如今，隊裏知道我手腕缺陷的人越來越少，那一年的事慢慢成為遠古傳說，但在我身上的傷痕從未褪去。多年來，我帶着缺了玫瑰的帶刺花莖，贏了一場又一場大大小小的比賽。獎牌放在掌心，猶如花蕾，在花莖上綻放。

成功的背後

啟：你經常在訪問中談到，得到獎牌除了需要運動員努力，還要集合整個團隊的付出。你成功的背後，有哪些人在默默耕耘呢？

詩：若將運動員的生活分為「訓練、比賽、恢復、休息」四個方面，每方面都有專業人員為我們努力：

外界
- 私人機構會贊助運動員。體育記者追訪賽事，讓大眾了解、支持運動員。

體能教練
- 編排健身計劃，陪伴操練體能。

主教練
- 設計訓練計劃、分配資源，與各部門接治。
- 比賽時控制整體狀況，應對突發事件，與評判、傳媒等溝通。

公關
- 代表接治廣告、安排運動員對外活動。

助理教練
- 監督訓練，並將情況匯報主教練。
- 比賽期間，安排交通、膳食、住宿，監測運動員身體狀況，維修器材。

運動員事務部人員
- 幫助運動員兼顧學業，安排各類康樂活動，陶冶性情，舒展身心。

休息 比賽
恢復 訓練

機械師
- 主力維修單車和器材，協助訓練。
- 比賽時負責將單車推上賽道。

營養師
- 控制運動員體重，提供營養補給品。

科研人員
- 訓練時，分析數據、動作，計算乳酸水平，評估訓練強度。
- 分析比賽錄像，提供對手的資訊。
- 提供「氧倉恢復治療」。

醫學中心
- 紓緩運動後的疼痛、勞損問題，必要時轉介專科醫生。

心理老師
- 提供集中力訓練。
- 心理輔導。

物理治療師
- 指導普拉提（Pilates）課。在訓練、比賽期間隨時守候。
- 賽前暖身時為運動員按摩、貼肌貼，賽後配給補充飲料。如運動員受傷，即時處理傷勢。

- **中醫師**
- **大夫（手法治療）**
- **按摩師**

手之倔強

47

第
二
章

腳之努力

後來，我視她為模仿對象，

跟着她雙腿的轉動、

擺動的姿態、呼吸的節奏。

再後來，我視她為競爭對手，

每組起動時，反應要比她快，

轉動要比她流暢。

我要比她強！

第一節 ｜ 練到位的標準線

比賽超人

在體育世界裏，有人將年齡視為運動員的限制，有人把受傷看成運動員最大的阻礙。對我而言，運動能力和其他方面的知識一樣，是無止境的追求。現今科技發達，運用儀器計算身體的極限，掌握何謂「練到位」並非難事，但是真正「練」有所成的運動員，少之又少。問題不在於運動員生涯有限，而是人人對「練到位」的標準線各有差異。

學會練到位之前，要先明白何謂「訓練」。說到我何時開始明白訓練是怎樣的一回事，便要由初中時加入「屈臣氏田徑班」說起。記得田徑班的第一堂訓練課，我們花了兩個小時學暖身。我們先繞着田徑場跑圈，然後教練示範了三種協調性暖身：小步跑、高抬腿和跨步跑，他將三十多名學員分成五組，開始這「訓練初體驗」。

大家都是初學者，不熟悉這種暖身動作，難免笨手笨腳：小步跑變成大步走、高抬腿變成低抬腿、跨步跑變成小步跳⋯⋯有些學員怕出醜，怯而遠之，偷偷躲在隊伍後面，濫竽充數。我卻樂意代他們上前去，在隊的前面多做兩組動作。在兩小時的訓練結束前，教練邊拉筋，邊對我們說：「以後每堂訓練都要把全套暖身做完，才可正式開始上課。」

同學們被教練嚇怕了，第二堂的出席人數立刻減半。也難怪，不出席的藉口實在太多：溫習、腳痛、生病、媽媽反對⋯⋯只要缺課一次，下次就有更理所當然的理由推搪。如非對跑步充滿熱誠，誰能忍受這種周而復始的訓練？

我喜歡跑步。儘管每天上學要多背一袋運動服和釘鞋；儘管訓練後還要掙扎起來做功課、準備測驗；儘管好幾次累倒

了，晚上直接趴在書桌上，睡到翌日，才急忙梳洗上學去，我仍然堅持不缺課，也不缺席訓練。當年百分百的出席率是有回報的。我的 100 米短跑時間由十四秒躍升至十三秒，我亦因此明瞭「訓練」是甚麼一回事——訓練就是為了突破自己。

我經常有突破自己的想法。中四那年的陸運會，結果卻出了狀況。我要連續跑三個項目：200 米、400 米和社際 4×100 米接力賽。奪金對我來說是十拿九穩，可是我犯了一個低級錯誤：睡過頭。作為一名跑手，預早起牀吃早餐是基本常識，這樣才有足夠時間消化食物，不會影響比賽表現。但是因為晚了起牀，我只好邊嚼麵包，邊往運動場直奔。當時我還沾沾自喜：嘻！這樣連暖身的時間也省了。

雄心壯志的人，
比比皆是，
努力到最後的人
又有多少？

結果，我不負眾望，奪得三項比賽的冠軍。可是，完成最後一項賽事後，我忽然感到身體發軟，攤在觀眾席上。老師見我臉色發白，答不上話，慌忙替我召救護車。那天，頒獎台上的冠軍位置罕見地懸空着，救護車上的我極之不忿。那時我還左思右想，是早餐吃太少？暖身太隨便？還是賽次太多？

　　至今，同學們仍偶爾拿我那次暈眩入院的糗事取笑一番，他們都說我是「比賽超人」，比賽時龍精虎猛，如有神助，比賽後馬上打回原形。只是，他們不知道，在我成為運動員後，比那次更嚴重的虛脫情況，在我眼中，已是家常便飯。

他們説我是「比賽超人」，
比賽時，如有神助；
比賽後，馬上打回原形。

身上的每道傷疤

我從不馬虎訓練，
直至成績躍升，
我便明瞭，
訓練是為了突破自己。

一千零一瓦特

我在青訓隊的時候，場地訓練不多，多數時間都在功率車上。每組不超過三十秒、每次不多於六組的短途爆發力訓練，竟足以使我不支倒下，訓練未到一半，我就開始撐不住。最先罷工的不是雙腿，而是我的腦袋。它像被千根針所刺，又脹又麻，我只能依靠車把借力。青年教練敏姐不許我停下來，她大概知道，人的潛能會在承受極大壓力時被激發出來。我只好硬着頭皮，騎下去。爆發時，全身血液往腿部肌肉奔馳，三十秒過後，暖流依然停留在雙腿上。敏姐聲嘶力竭地喊着：「不要停，慢慢遛一會兒。」我的雙腿卻像負着鐵般又重又硬，動彈不得。

當我恢復意識的時候，已在更衣室的紅色長椅上。我弄不清到底睡了多久，也不知道是自己爬進去，還是被人抬進去的。這樣昏睡讓我的身體快速充電，馬上精神倍增，繼續訓練。日復日，月復月，我便誤以為，暈倒就代表「練到位」，沒暈倒就是沒盡力。

2007年，我的左手仍在養傷。體院為配合北京奧運，暫時撤離火炭，遷到烏溪沙青年新村的度假營。與此同時，火炭的單車場地拆卸，我的訓練地點移師到體院科學部。科學部有一台升級版的功率車，可以同時計算運動員騎單車的功率、頻率和心跳，數據一目了然，比單靠外掛的心跳錶計算運動強度，更能全面了解運動員的身體狀況。

我急不及待騎上這台新玩具，衝一個十秒原地起動，在旁的科學部同事 Anson 立即為我分析數據。可是他搖搖頭說：「最高功率只有 900 瓦特，最高頻率只有 130 次。數據還沒有達到短距離運動員的要求。不如我們訂立一個目標，功率超過 1000 瓦特，我請你吃下午茶。」

「一言為定！我想吃最長肉的西多士和喝紅豆冰！」我忍不住說。Anson 看我口水直流的樣子，笑而不語。我腼腆得低着頭，默默騎車。

科學部真是個好地方，在這裏訓練，不怕風吹雨打，不怕弄濕石膏，加上度假營的環境優美，緩和了我被傷患纏繞的鬱結情緒。升級版的功率車前端有一面大鏡子，我喜歡從鏡子裏看窗外的風景，看屋裏各人的一舉一動，一個上午的訓練不知不覺就過去了。之後，我開始把鏡中的自己看成同伴，一看見她悶悶不樂的樣子，我就會邊訓練，邊安慰她說：「來吧！有我陪你啊！再堅持一會吧！」然後送她一個甜美的笑容。後來，我視她為模仿對象，跟着她雙腿的轉動、擺動的姿態、呼吸的節奏。再後來，我把她視為競爭對手，每組起動時，反應要比她快，轉動要比她流暢。我要比她強！

每個三十秒爆發都是煎熬，但怎樣難捱，也要捱過去。紅色長椅沒有了，我換了一個依靠——紅色軟墊。當我臉色發白，喘氣像小孩哭泣般，Anson 就知道我想睡了。他一直提醒

我只想在美夢中暢遊，
手上的繭平滑了，
臉上的風霜滋潤了，
疲乏感紓解了。

我：「再多騎一會，爆發後馬上躺下，對身體不好。」我卻耍賴着，在地上滾。他拿我沒辦法，只好把軟墊攤開，讓我躺在上面。墊子很寬闊，大字型睡在上面，本是舒舒服服，我卻偏愛把自己捲在軟墊中間，像香腸包，暖烘烘的。我安穩地睡，趁睡眠的時候魂遊太虛：跳進一塊西多士內，在晶瑩剔透的糖漿中，一邊暢遊，一邊舐着四周的甜味。皮膚浸泡得滑溜溜，手上的繭平滑了，臉上的風霜滋潤了。甜蜜滋養着身心，疲乏感紓解了。我慢慢恢復體力，頭腦開始清醒。

夢醒，我依然舐舐着齒縫間的甜味，那是補充飲品殘留的味道。我從軟墊鑽出來，爬上車，開始最後一組訓練。我想起沈教練，越想，雙腿越起勁。那不只是西多士給予的動力，不只是美夢後的衝勁，而是誓不認輸的鬥心。鐵腿毫無畏懼，任由肌肉在瞬間爆發下撕裂，它們罔顧酸痛給身體帶來的折磨，更漠視腦袋叫停的指示，盡情地衝、衝、衝！

我一次也沒躺下來，
從暖身到放鬆
都一絲不苟。
這就是我，
練到位的標準線。

爆發後，暈眩如常來襲，眼前的一切天旋地轉，「1001，你做到了！」一向冷靜的 Anson 忽然誇張地大喊，我拼命睜開眼睛，隱隱約約看到功率車顯示屏上寫着：「1001」，第一次看到四位數字，我向 Anson 露出欣悅的笑容，然後又爬進軟墊裏睡着了。

精金百煉

人所能承受的強度沒有極限。無論多累，多痛苦，只要意志願意撐着，我就能爬上車，繼續訓練。斷骨的經歷大大提升了身體對痛楚的忍耐力，而且隨着訓練強度大幅提升，我對痛的免疫力與日俱增。我懶理頭暈、高強度訓練後像被火燒的喉嚨和鐵一般沉重的雙腿，拼命跟着計劃訓練，甚至超額完成。

那時，我的成績雖然有所提升，但仍未具備爭奪運動會獎牌的能力，是訓練出了問題嗎？我不是已經練到位了嗎？還欠甚麼？

2010 年，我終於迎來人生中第一個亞運會。我在亞運會的主項是 500 米計時賽，賽事需要原地起動的爆發力和速度耐力，我的速度耐力比較差，沈教練歸咎於我訓練後不放鬆，直接躺下的陋習。

身體的代謝廢物如乳酸排走得慢，無疑會影響下一組爆發力訓練的發揮。但在組與組之間快眠充電，已經成為我的習慣。工作人員司空見慣，亦無可奈何。我一直找藉口，

將這個壞習慣合理化：「我只是躺一會兒」「睡一覺騎得更快」「這樣無傷大雅」……直到夏教練和其他短距離隊友加入，我再沒有躺下來的藉口。

在亞運會前半年，沈教練安排我在昆明進行抗乳酸能力訓練，説有事半功倍的效果。沒有了紅色軟墊，只有工作人員手動放鬆服務。在功率車上，夏教練一看到我騎不了，就兩手一抓，抓着我的雙腳攪動起來。單車場上，每當我快要倒下時，三個陪練的青年堅決不讓我下車，趁我還未減速，就推着我走。由於場地車是固定齒輪單車，他們推着，我的腿不得不動。他們一個一個接力，直到我不再喘氣。其中一名隊友一邊推，一邊麻醉我：「你數數字，從一數到一百，會感覺沒那麼難受。」我開始數：「一、二、三、四……」真的，還未到五十，我已經舒服多了。

於是，在亞運前的密集式訓練，我沒有躺下過一次。從訓練前暖身至訓練後的放鬆都一絲不苟，這不就是練到位的標準線嗎？

高原訓練結束，我練有所成，500米的時間大大提升一秒，並以打破亞洲紀錄的時間奪得亞運第一金。成績躍升的程度，令旁人嘖嘖稱奇。但是我確信，這是練到位的成果。

隨着能力越來越強，紅色軟墊逐漸回復本來的功能，我不再做「香腸包」。我坐在墊上拉筋時，常常想：如果沒有夏教練和隊友，我的陋習會否跟我一輩子呢？

暖身運動和緩和運動

啟：怎樣做暖身運動才正確？

詩：為了避免受傷，我們不能省略暖身運動和緩和運動。以往主要以「拉筋」來暖身，但近年的運動科學研究建議以協調性暖身（Dynamic warm-up exercise）代替伸展性暖身（Stretching warm-up exercise）。小步跑、高抬腿等協調性動作能適當地伸展肌肉，加強身體協調性，提升體溫和心跳，準備進入劇烈運動的狀態，比只是「拉筋」對身體的幫助更全面。壓腿、彎腰等伸展性動作則留待運動後，用來放鬆繃緊的肌肉，保持較快的血液循環，帶走代謝廢物，減輕肌肉酸痛。

啟：暖身運動要做多久呢？一般人和運動員有分別嗎？

詩：一般而言，10 至 15 分鐘的暖身運動已經足夠。但是運動員的訓練強度較大，加上要確保有穩定的發揮，所以每次訓練前要做 50 分鐘暖身運動；正式比賽時，我們更會預早 1.5 小時到達賽場，先暖身，再塗暖身油按摩肌肉，然後讓身體完全休息，確保正式上場的時候，頭腦的專注力、肌肉的力量也達至最高的水平。

啟：比賽後，運動員的緩和方式和一般人有甚麼不同呢？

詩：運動員的緩和方法更多元化。我們會用冰敷和熱敷冷熱交替，也會以水療、桑拿來放鬆肌肉。還有一個無須設備就能使身體儘快復原的方法——充足的睡眠。睡覺時，肌肉有足夠的休息，而且身體會釋放生長激素，協助肌肉生長，修復身體上的損傷。

啟：充足睡眠也能提升專注力，令情緒變好，運動的表現自然相得益彰。

詩：對啊！不做暖身的話，肌肉會越來越緊張，訓練時很容易受傷。

啟：這就是說，「魔鬼就在細節裏」吧！

詩：不一定是「魔鬼」啊！發生意外時，有暖身、緩和的習慣是令運動員減少受傷的「天使」。此外，從長遠而言，這能增加肌肉收縮的速度和力度，改善協調能力，令比賽表現更穩定。既然有必勝的決心，就不應忽略每個細節——「勝利也在細節裏」呢！

高抬腿動作

脚
之
努
力

59

第二節 ｜ 傷痛適應能力

處理傷口的竅門

　　隊友李海恩 (Jessica) 進隊兩年，摔車已多達十次，差不多每次都得進醫院檢查。有次，我們一起在大尾篤訓練，在路面不平的單車徑上，她又不慎跌倒了。

　　我成為全職運動員十七年，目睹過無數摔車意外。像 Jessica 那樣因為經驗不足，技術不純熟，莫名其妙摔一跤，是單車運動員必經的過程，我不也是過來人嗎？

　　那些年，每一次摔倒，都是慘痛的經歷。

　　2003 年 12 月，我獲選為青年訓練隊的一分子。那時會考將至，我卻沒有暫停訓練的想法，尤其不想錯過每週兩節的場地課。當時單車場維修剛竣工，髒兮兮的場地煥然一新，跑道重新塗上綠油油的顏色，與後面行人道上的樹融為一體。跑道旁天藍色的放鬆道在陽光照耀下，顯得分外耀眼。昔日場地上

在陽光照耀下，
單車場分外耀眼，
我被它深深地吸引。

的雜草，連同沙石都一掃而空，我被新場地吸引，捨不得缺一節課。

　　陸運會前一星期，我練跑完畢，就把握時間回體院進行場地訓練。當天訓練前正遇上四位師兄從國內集訓回港，青訓隊戴教練忽發奇想，想他們帶我俯衝一個 100 米。我躍躍欲試，但騎場地的日子尚短，要跟上成年運動員，我沒有把握，而且我跟他們素未謀面，實在有點腼腆。戴教練看我面有難色，便推我到單車旁邊，催促道：「機會難得，別婆婆媽媽，走！走！走！」

　　我沒準備就緒，卻已「騎車難下」。我緊隨隊伍最後一位師兄，前輪貼着後輪，生怕一不留神就被甩掉。他們在坡頂轉了好幾個圈，領航師兄忽然伸出食指，示意還有一圈往下衝。我繃緊全身肌肉，心撲通撲通亂跳，跳得比坐過山車時還要雜亂。心跳聲、輪子聲、鏈條聲、風聲交集，我隱約還聽到戴教練的呼喊聲：「很好！跟着啊！」得到鼓勵後，我充滿力量，用僅有的本領緊跟他們，直到結束，我成功了！

全身肌肉繃緊，
我躍躍欲試，
那追逐風的滋味。

腳之努力

「看前面！」

　　我完全忘了場地車是死齒，不能馬上停車。俯衝後，四位師兄霎時散開，我卻六神無主，沒聽清楚戴教練說了甚麼，就糊裏糊塗在彎心摔倒了。

　　我為剛翻新的場地添了一道疤痕，疤痕狠狠撕破了我的右邊身，在我身上留下幾個又青又藍、又灰又紅的缺口。青年教練敏姐用消毒藥水替我擦了好幾遍，也沒法洗走傷口上的污垢。

　　「傷口染上油漆，又沾滿灰，能弄乾淨嗎？」她聽到我的疑問，想了想，便把我拉到洗手盆邊說：「用肥皂洗吧！」她看我懷疑的樣子，更肯定地說：「真的！肥皂可以洗傷口，痛一點而已。」

　　聽罷，我擠出兩灘肥皂液，肥皂多得足以洗淨全身，我咬着牙搓呀搓，粉色的肥皂液很快變成白濛濛的泡沫，檸檬味蓋過血腥味，泡沫遮掩了未止住的血。我使勁地搓，直到傷口表面變回粉嫩的皮膚。

　　小腿的傷勢嚴重得連走路也一拐一拐的，我卻不顧一切，誓要參加之後的陸運會。「瘦死的駱駝比馬大」──我雖負傷上陣，依然把所有的徑賽金牌盡收囊中。只是上台領獎的時候，小腿的紗布沾滿了血，把老師嚇呆了。於是，老師又把我送到醫療室，醫護哥哥一邊替我重新包紮，一邊驚奇地問道：「你怎能忍得住痛跑一整天？」在旁的老師說：「她還贏了幾個冠軍呢！」後來，醫護哥哥知道我是運動員，恍然大悟，點頭感歎：「運動員真不容易啊！」又吩咐道：「不沾水的話，紗布可以等回到體院時讓護士給你換。」我乖乖地等了三天。

　　「你的傷口快爛了！你怎可能受得了？」體院的護士被發臭和發霉的紗布嚇壞。我卻抵賴說：「運動場的醫護人員千叮萬

囑，叫我不要拆下來啊！」護士大概給我氣壞了，用刷浴缸的力起勁地擦，擦掉我傷口表面那層茶青色的皮膚。

飛來一隻蒼蠅

就這樣，我帶着發黑的痂皮，迎接全職生涯的第一年。那年，為了爭取在亞洲錦標賽青年組別奪獎，沈教練安排我在賽前兩星期到日本參加訓練營。

訓練營中最大的挑戰，莫過於跟着長距離運動員完成四十圈（共10公里）的暖身。我耐力差，往往未到最後十圈，就掉隊了。我每次都拼命跟，跟上一圈是一圈，目標是在訓練營結束前，能跟上一次完整的暖身。

有一次，我終於跟上最後十圈，呼吸越來越急促，每多騎一圈，眼睛就越模糊，直到剩下六圈的時候，我忽然控制不住方向和速度，撞向前方隊友的後輪。「咣噹」一聲，我摔在石屎地上，小腿又了一塊痂。

到了亞洲錦標賽的大日子，比賽地點在印度，由於當地衛生環境欠佳，沈教練提醒我們要注意飲食。不幸的是，我到達印度的第二天，就開始拉肚子了。天氣炎熱，水土不服，加上沒有比賽經驗，我的短途賽事全軍覆沒。最後一天的捕捉賽，並不是我的主項，教練和我都沒有太大期望。

或許是零壓力激發了我超水準發揮，歪打正着，我竟奪得亞軍！

還未來得及舉手慶祝，我就在終點線不小心撞向冠軍運動員的輪子，再一次人仰車翻。保坂教練連忙跑過來，看到我腿上剛復原的傷口又張開了口，只好一邊攙扶我，一邊笑着罵我笨。我爬起來，察看背上的傷勢，發現單車服都磨破了，血淋淋的傷口沾滿泥塵。

可喜和可悲的事同時來襲,我傻呼呼地笑着,默默地安慰自己:「沒事,沒事。」

身為女孩子,難道真的會以疤為榮?誰喜歡把自己弄得遍體鱗傷?不過,我是單車運動員,摔車的風險比別人高,既然我不得不適應、不得不接受,那就把它視為獎牌誕生的印記吧!

擦傷的範圍滿佈身體的右邊,影響我的活動能力,連睡覺也只能側睡。傷口最怕弄濕和弄髒,師兄 K 哥便教我:「傷口包紮了乾得慢,讓它吹吹風,才好得快!」我聽他的話,睡覺時拆掉紗布。

不知道何時,有一隻蒼蠅鑽進屋裏作威作福,像隻虎視眈眈的蒼鷹,在我的傷口上盤旋,室友黃蘊瑤(Jamie)見狀,整晚為我趕蒼蠅。Jamie 先進隊,時常照顧我,她除了為我趕蒼蠅,還協助我換衣服和洗傷口。

這次，換我看着 Jessica 跌倒，她神情恍惚，一直趴在車把上。我明白她的迷惘。摔倒，不但要克服受傷帶來的痛，還要接受零零碎碎的記憶不斷在腦海中重播。

某些慘痛的經歷，在我們的記憶中形成難以消退的陰影。傷口終歸會痊癒的，但留在皮膚上的傷疤還是礙眼，留在心裏的疙瘩更是難以忘懷。

回憶的重擊

對於凱林賽，我早已駕輕就熟，只要排名首三位，就能成功進入決賽。那是 2016 年里約奧運的第一天。我拐頭察看對手，像一輛準備開動渦輪引擎的賽車，自如地攪動雙腳。首先發動攻勢的是英國運動員麗貝卡，澳洲運動員美雅絲緊隨其後。我加快腳頻，想跟隨她們，卻被越線的美雅絲撞倒了。

我跌倒後，滑行至副道一個不起眼的角落，眼睜睜看着其他運動員衝向終點，成功進入決賽的運動員高興得舉臂歡呼，落敗的運動員失落得垂頭喪氣。我卻甚麼感受也沒有，心空空如也，呆坐在地上。

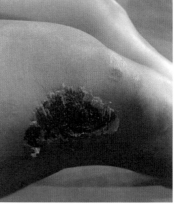

理智和老練掩蓋了失望，那一刻，我告訴自己，不可以悲傷。

我瞅一瞅膝上的傷，沒大礙，於是爬起來，靜靜地離開賽道，返回休息區。按摩師方砥急忙為我處理傷處，我靠近她，鎮定地說：「不用，先準備比賽吧！」

負傷完成7至12名排位賽，我返回休息區，戴上耳機，一邊聽着我特意為冷靜自己而準備的歌單，一邊放鬆騎行。隔着耳機，像隔了一個時空，無論是進行中的頒獎禮，或是失落的工作人員，都與我毫不相干。音樂把我從喘不過氣的賽場中帶走。

翌日便是爭先賽。我告訴自己，不要陷於悲傷，不要想着痛楚——起碼在奧運結束之前。

睡了一覺，我的狀態恢復了不少，迎戰第二天的比賽。我聽着特意為暖身而準備的音樂，回到比賽場館。工作人員怕刺激我，不敢打擾。歌曲是我最好的麻醉劑，我陶醉在澎湃的旋律中，忘了痛楚，也沒有留意到美雅絲的出現。

美雅絲主動走近我，拍拍我的肩膀説抱歉。

我從音樂世界被硬扯回現實，無言以對。我知道賽場上發生意外是在所難免，但我還是不能接受，把我撞倒的是她。摔車的畫面又再浮現，重重地打擊我的鬥志和自信。我不敢面對美雅絲，惟有強顏歡笑，急步逃到休息區。

避無可避，十六強的時候，我與美雅絲再度交鋒。上賽道前，摔車的片段毫不留情地湧現，我告誡自己，一旦走進悲傷，奧運就提早結束，多年的努力就白費了！

我收起悲傷，抬頭凝視美雅絲，認真競逐八強的資格。

最後，我獲勝了！

回到休息區，膝蓋外側的傷口正在流血。我輕輕擦乾腿上的血，對自己説：「還有一天，多撐一天就好了！」每踏一腳，

就痛一下，真是煎熬。然而，賽場不是喊痛和累的地方，沒有抱歉，沒有同情，只有勝負。

贏了一場，還得咬緊牙關，繼續接下來的比賽。

我把八強對手禾歌的特點記下來，安心入睡。沒想到，夜半時，我忽然痛醒，不只是傷口的痛，還有多輪比賽後的肌肉酸痛。我輾轉反側，怎樣也找不到舒適的睡姿。我開始不耐煩之際，一隻蒼蠅忽然飛進來，縈繞在傷口上，我獨自與牠搏鬥良久，還是趕不走，只能任由一隻小昆蟲欺負。

「沒事，沒事，還有一天，撐過去就好了。」我安慰自己。

蒼蠅盤旋良久，終於成功在沒遮沒掩的傷處降落，我無可奈何，只好乖乖地讓牠佔據膝蓋。牠好像按了某個按鈕，摔車的畫面又再重播，恐懼失控地湧上心頭：我怕蒼蠅趕不走，怕整晚睡不着，怕比賽贏不了，怕發生的一切。我閉上眼睛，減輕一點點心臟的負荷。

賽場不是喊痛和累的地方，
沒有抱歉，
沒有同情，
只有勝負。

腳之努力

受傷在所難免。
重新上車，
再次起程便是。

最後，睡不好，比賽也輸了。傷口的痛不算甚麼，四年的心血落空，我的心很痛。奧運落幕，我痛痛快快地哭了一場，壓抑多天的情緒一發不可收拾。

從前，有 K 哥開解我，有 Jamie 為我趕蒼蠅，不知不覺間，師兄師姐們都退役了，我成為隊中資歷最深的運動員，不能指望有師兄姐照顧，有時還要照顧別人。

「受傷在所難免。」我一邊安慰 Jessica，一邊為她檢查膝上滲血的傷口，是皮外傷，我便開玩笑說：「每次跟在我後面你都摔倒，以後你領車好了。」

她強顏歡笑，重新上車，再次起程。

是對手，也是朋友

啟：對你來説，美雅絲和禾歌是對手還是朋友？

詩：與其分敵友，不如説她們是我的前輩。美雅絲（Anna Meares）是澳洲籍單車選手，2004年首次奪得奧運金牌，當時二十歲的她以33.952秒成為500米計時賽世界紀錄保持者。後來她遇上嚴重單車意外，以致頸骨斷裂，傷口只差兩毫米，她便很大機會半身癱瘓。她憑着鬥志，8個月後參加北京奧運，更奪得爭先賽銀牌。她亦曾經歷教練去世的傷痛。2017年，她的教練Gary West因漸凍人症病逝，這使我與美雅絲感同身受。

啟：禾歌（Kristina Vogel）是德國代表，2008年首次穿上彩虹戰衣，其後她贏得超過十次世界冠軍。你可以説説關於你們的事嗎？

詩：2018年是我最後一次與禾歌同場較量，我落敗了。當我還在想該怎樣贏回來時，就傳來她受傷的消息。她訓練時與另一車手相撞，脊柱嚴重受傷，今後要以輪椅代步。那時我想：要為禾歌贏出比賽，證明只有我才能與世界頂尖的她相提並論。

啟：禾歌後來接受訪問時説：「無論你怎樣去包裝，我就是無法再走路，而這是不能改變的事實。我可以做甚麼？我認為，越快接受一個新的環境，就越能適應過來。」她的堅強真令人敬佩。

詩：有些傷痛在別人看來很難痊癒，但作為運動員，必須以最快的速度修復傷勢，因為對手正等着和我們較量。所以，對手有時候就像傷痛時的特效藥，令自己儘快振作起來。

腳之努力

第三節 | 記着痛，用心做你喜歡的事

以純粹的心，
跨越痛楚，
朝着陽光，
迎向未來。

在痛楚中成長

中三那一年炎暑，我初嘗膝蓋痛。

當時我已完成「明日之星」首輪甄選，並收到壁球部和單車部次輪測試的邀請函。我並沒有嚴肅看待選拔一事。想玩就玩，想吃就吃。結果，在壁球部甄選前一天，我和朋友去滑冰，不慎摔倒了。第二天，右膝腫痛得動彈不得，連走路也有困難。無奈之下，我只好放棄甄選。

媽媽帶我到附近一家跌打醫館醫治，醫師把一塊又厚又臭的敷料紮在我的右膝上，尺寸、重量和味道都像「有料」的紙尿布。嗅覺和心情難受了整整十天，可幸的是，在單車運動員甄選日前，傷患痊癒。

成為運動員後，我避不開與膝痛糾纏。這個問題不再只是摔倒腫痛幾天般簡單。面對膝痛，我當然擔心和重視，但就是不肯為膝關節做磁力共振（MRI）檢查，總覺得檢查是浪費時間，小題大做。

直至 2019 年底，體院中式手法治療師許大夫力勸我做 MRI 檢查，理由是了解我膝關節的情況，對日後治療達世界級水平的香港運動員具參考價值。檢查一事突然變得有意義起來，我想了想，就答應了。

　　檢查後，體院顧問容醫生向我分析結果，說：「報告顯示，你的滑車天生比較淺，因此髕骨底的軟骨較易勞損，這是許多女孩子常見的問題，但你的大腿內外側肌肉比一般人強壯，髕骨的滑行相對較穩定，能減輕軟骨磨損的情況[1]。往後，只要多做保健，不會對訓練有太大影響……」

　　髕骨在滑車上滑行，如一輛煤礦車在軌道上行走，連接肌腱的四塊大腿肌肉如礦工，負責控制煤礦車的穩定性，若大腿肌肉控制不住髕骨，髕骨便有可能「脫軌」而破壞旁邊的軟骨。滑車骹位深，令髕骨滑行穩定順暢。像我這樣滑車較淺的人，要髕骨暢順運動，大腿肌肉力量的平衡就成為重要的因素。

　　回想起來，我初出茅廬時，右膝不時無緣無故地痛，當時我還不曉得髕骨和滑車的關係，也不知道自己天生滑車較淺。我聽取物理治療師的話，積極練習「靠牆無影凳」，以改善大腿內外側肌肉不平衡的情況，膝痛最終沒有繼續惡化。

1　有關膝關節的知識詳見本章 77 頁。

勞損是日積月累，
能力亦然。
在痛楚中，
使自己變強。

　　那時，我領悟到，膝痛不一定代表勞損，也不一定是運動員生涯要終結的警號。那是身體發出的提醒，提醒我們要避免做甚麼、要多做甚麼，去鞏固關節的穩定性，防止髕骨因為偏離軌道而磨蝕旁邊的軟骨。膝關節的軟骨一旦磨損，即使能自行修復，軟骨的韌度也不如以前，所以每次膝痛都要謹慎處理。

　　運動員處理膝痛的方法和普通人有點分別。普通人膝痛，休息是最佳的做法。作為運動員，停練雖然可以令痛楚減緩，但一恢復正常訓練，就要重新適應痛感，耗費時間可能更長。

　　勞損是日積月累的，能力亦然。一痛就減少訓練，能力自然不進則退。我要求自己未到最後一刻都堅持訓練。對普通人來說，是沒必要忍痛練習的，不過運動員的使命就是突破身體極限，在可承受的痛楚中增強自己的力量。

與傷患角力

　　多年來，我常在受傷和不受傷之間找訓練空間，既不可以令身體過度受壓，又要繼續訓練。要有所突破，就要跟「害怕受傷的心」角力。

2008年，我復操不久，不用參加大型比賽，但為了追趕亞洲水平，我一點也不敢懈怠。沈教練為了增強我的力量，設計了一個為期兩個月、每星期五堂的特訓計劃。那是個看似不能完成的任務：深蹲最大力量[2] 75% 六次、85% 五次、95% 四次為一組，第一個月做五個循環，第二個月做六個循環。以往深蹲以最大力量 70% 五次，80% 四次，90% 三次為一組，最多做兩個循環。新計劃無論在訓練組數、重量和課次，都較以往多。

訓練首星期，不管客觀指標還是主觀感覺，都是前所未有。血指標的 CK 值（Creatine Kinase 肌酸激酶）高於 2000，表示肌肉撕裂嚴重，訓練強度極高。我感到肌肉酸痛得很，腿硬邦邦的，無法自如地擺動手腳，走路像隻胖企鵝，不管站起來或坐下去，比老人家更需要攙扶。我甚至連起牀都不願意，拉筋、按摩、睡覺、自我催眠都做過了，痛和累如影隨形。第一個月的特訓在掙扎中熬過去了，但是疲憊持續，意志消磨，令我懷疑自己是否有能力完成特訓。

每天拖着既乏力又不聽使喚的身軀去訓練，我連踏上跑步機暖身的鬥志都喪失了。體能教練 Del 提醒我，肌肉在極度緊張的情況下，最容易拉傷，因此在深蹲前，必須做好暖身和拉筋。我聽他的話，再怎樣沒衝勁，也謹慎暖身。

第二個月失敗次數比成功多，尤其舉重到 95% 四次的時候，膝關節和胯關節就相繼痛起來。一痛腿就乏力垮下。除了脹痛和酸痛，關節在活動時吱吱作響，時有刺痛感。當時，內心承受的壓力越來越大，怕會再受傷，怕沒有進步，怕與下屆亞運失之交臂。

2　最大力量是指肌肉收縮時產生的最大力量，例如運動員深蹲時能推舉 50 公斤八次，但只能推舉 62 公斤一次，那麼 62 公斤就是該運動員的深蹲最大力量。

日痛夜痛，我開始懂得分辨出不同的痛楚。痛感有許多種：酸痛、脹痛、麻痛、刺痛等。酸痛和脹痛，通常是訓練後產生的肌肉反應，感覺較難受，但只要做好暖身，受傷的機會自然較低；麻痛和刺痛則不同，那可能是急性創傷或勞損，也可能是肌肉太緊張或發力不平均，若不小心處理，或無視傷痛繼續練下去，可能會因此而造成更嚴重的傷患。

關節出現刺痛感，骨科醫生勸我休息幾天。我理應聽他的話，可是我沒有，而是轉為接受中式治療。我感覺肌肉是有記憶的，假如一痛就休息，以後遇到同樣的刺激，它們也會作出相同的反應，想要休息。假如休息後痛感沒有好轉，就會耽誤訓練。我當然怕因為受傷錯過比賽，但更怕成績沒有進步，失落四年一度的亞運。不用停練，又達到治療的效果，中式手法不失為適合我的好方法。

於是，每天訓練完畢，我便找許大夫治療。他幫我按壓刺激痛點，加速關節的血液循環。雖然按壓關節時的痛楚比訓練引起的痛更甚，但不出幾天，我已擺脫了刺痛感。持之以恆的訓練和治療，令雙腿所能承受的負荷越來越大。不久，我成功挑戰深蹲體重兩倍的重量。

十年後，即2018年亞運前夕，我再花工夫在深蹲上，希望挑戰125公斤八次四組。我深知要突破這個瓶頸，痛是在所難免，但我已經準備就緒。膝關節和闊筋膜張肌是最先承受不住的部位。沒想到痛楚竟影響睡眠，由於關節發炎，腿部熾熱得如被蠟燭整夜烘烤。我無能為力，惟有用拳頭大力敲打大腿外側，希望紓緩肌肉緊張。然而，灼熱感不但沒有消失，腿還越捶越痛。

物理治療師用盡方法，我的痛依然沒有減退，她和我都知道，堅持訓練，痛是不可能消失的，惟有休息才能使肌肉快速復原。但我不願半途而廢，未到最後關頭，我不想將訓練減量。

痛感不能一時三刻消失，要解決夜半痛醒折騰的問題，我買了幾個冰袋，以便痛楚突襲時，及時為腿降溫，繼續訓練。那一個月，冰敷和物理治療，便是我的日常。

治療和訓練一樣，只要堅持，就有成效。發炎的影響隨着每天治療和冰敷逐漸減少。我也達成了125公斤八次四組這個目標。

十多年間，不是每一次膝痛我都順利熬過去，像2012年倫敦奧運前的關鍵時期，面對衝獎牌的壓力，我膝關節一痛，就連暖身都不敢騎完。

隊醫龍大夫斥責我暖身不足，沒有認真使肌肉進入「作戰狀態」。我在她的鼓勵下再次上車，戰戰兢兢地完成暖身。沒想到，痛感越騎越少，我最終能完成訓練。

同樣面對衝獎牌的壓力，2016年里約奧運前夕，沈教練額外增加十組十次深蹲訓練。做了三組後，我的膝關節就痛起來，而且越做越痛，附帶輕微紅腫，無可奈何之下，我只好終止訓練。

自此之後，我更懂得在受傷與不受傷之間找一個臨界點。哪些痛可以承受，哪些痛應該及時處理，都是經驗之談。

DO MORE
OF WHAT
MAKES
YOU HAPPY.

記着自己的身份，
記着痛，
記着該做的每一件事。

精英運動員的日常

　　克服痛的過程是實在的，那獨特的經驗有多難熬，相信每個運動員也心領神會。與其說膝痛是傷患，倒不如說是一場病。處理恰當，膝痛只是一場小病，不治而癒；處理不好，膝痛如長期病患一樣折磨人。

　　每課訓練的暖身和放鬆當然不能輕視，除此之外，訓練以外的時間也有許多不能忽略的事：像滑冰、攀岩、球類活動等休閒運動，對單車運動員而言是高危運動，可免則免；夏天汗流浹背，穿短褲正常不過，但單車運動員要保護膝關節，須穿上長褲；放假的時候，許多人會選擇逛街夜遊，單車運動員既不能走太多，也不能睡太少，以免破壞專項肌肉的能力，假期後恢復不來……

　　預防勝於治療，日常生活上時刻提高警覺，才能保持高水平發揮。我想：運動員不是一份工作，而是一種生活態度。我無時無刻記着這個身份，記着痛，記着該做的每一件事。

啟詩問答

膝關節

詩：雙膝是單車運動員的寶貴財產，
沒有健康的膝關節，再大的力量
也無法傳遞至單車。

啟：一般人不太清楚膝關節的結構，
不如你解説一下吧。

詩：膝關節由股骨（大腿骨）、脛骨和
腓骨（小腿骨）以及髕骨（膝蓋骨）
組成。股骨的終端、脛骨的頂部
和髕骨後面有軟骨包裹。軟骨能
減少骨頭因關節活動而產生的磨
擦，也有吸收震盪力和保護膝蓋
的作用。髕骨、髕骨後面的軟骨
和股骨形成髕股關節。

膝蓋解剖圖

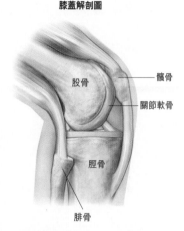

股骨

髕骨

關節軟骨

脛骨

腓骨

啟：髕股關節在膝蓋的曲直運動中發揮甚麼作用？

詩：髕骨和股骨之間形成一個滑車骱位。當腿部伸直，膝蓋朝上，髕骨就會
「浮起」。腿部彎曲，膝蓋屈曲時，髕骨便會陷入滑車骱位。踏單車時，
膝蓋不斷曲直運動，髕骨就好像在滑車骱位之間來回移動。除了踏單
車，跑步、游泳、打球等，凡是做「起立蹲下」的動作時，都會使用髕股
關節。

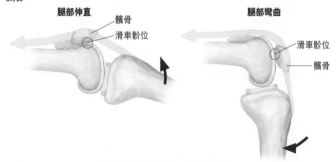

啟：有些人屈膝時，關節會發出「喀喀」聲，是甚麼原因？

詩：這可能是關節液中自然產生的氣泡破裂的聲音，亦有可能是肌肉緊繃時
摩擦骨骼的聲音。筋骨柔軟度較差，亦會導致關節活動不順。關節活動
時發出聲音有不同原因，如果伴隨腫痛情況，就要請醫生檢查。

腳之努力

77

附錄一
昆明獨家訪問　「得獎與否　我已在玩命」

（編按：李慧詩於 2016 年 8 月 16 日出戰里約奧運爭先賽 8 強，以局數 0：2 不敵德國車手禾歌（Kristina Vogel），最終獲第六名。《香港 01》奧運前北上昆明呈貢，獨家採訪香港單車隊集訓，並專訪李慧詩。）

香港單車隊在昆明呈貢訓練基地的苦悶，我藉着今次採訪淺嘗四天，李慧詩（Sarah）可是過了十多年。名不經傳的小妹、久傷不癒差點被放棄的隊員、無人不識的「牛下女車神」，都是她。她的內心世界，簡單又複雜。

從倫敦走到里約熱內盧，她想過退役，也跟總教練沈金康哭過吵過。晚上九時半，寂靜的睡房，「無論最後得獎與否，我已經在玩命」，沉實的聲線，越說得淡然，越說進心坎間。

李慧詩是近年最成功的香港運動員。2012 年在倫敦奧運取得競輪賽（又稱凱林賽）銅牌後，翌年憑 500 米計時賽獲世界冠軍，同年於全運會力壓全國高手勇奪競輪賽金牌，2014 年仁川亞運也寫下同屆摘雙金（競輪及爭先）的輝煌一頁。歷史定格於照片和報道裏，她於倫敦賽場對住鏡頭單眼微笑，從牛頭角下邨衝出世界的女孩，注定是個傳奇。

然而，當你從她沉實的聲線感受過獎牌的真正重量，你才知道，運動員要贏的不只是比賽，是自己。

「前兩年我並不快樂，因為我從來不是一個善於跟人分享內心想法的人。」晚上的昆明，連車輪轉動的聲音都沒有，我們在一片寂靜的睡房裏聊天，Sarah 這句話有點令人透不過氣，

78

偏偏她重提舊事，卻沒絲毫激動，特別是提到跟沈教練大吵一場，像沒事發生似的。「這四年變化太大了。倫敦奧運後，不少隊友相繼退役，我不再是被照顧的『細路女』，而是個拿過奧運亞運全運獎牌的運動員，大家對我的感覺不再一樣，是怕了我？不知如何跟我溝通？我記得我跟沈教練吵了一大場，我邊說邊哭，當時我把所有事情想得非常負面，不想留在昆明，不相信身邊人，只管自己練自己。」

這四年，彷彿把 Sarah 的人生放大了。我記得黃金寶在廣州亞運男子記分賽飲恨奪銀後感慨的說過：「每個人都知道，在香港，黃金寶參加比賽就是要拿金牌，不管甚麼理由。」如今阿寶退役當教練，奧運成就更超師兄的 Sarah，自是肩負重擔，一鬥比賽就有責任要贏，加上黃蘊瑤、張敬煒、郭灝霆等年紀相若的隊友先後退下火線，「李慧詩」三個字，已跟整個香港單車隊畫上等號。我們在頒獎台上鎂光燈下感受不到的這一面，大抵只有夜闌人靜，才是 Sarah 真正的交戰。

她想過退役，「我每隔一段時間就想一次。我是個喜歡改變別人的人，卻覺得運動員能做的並不多，所以想早點踏出一步，吸取多點知識，再做其他事情」，但在訓練過程中，她又知道自己走不了，她形容自己在單車隊裏有一份使命。今次隨 Sarah 在昆明過了四天，不同種類的訓練都拍攝了，最難忘的不是她在功率車上如何咬牙切齒，也不是她堅持在本來跑馬後來被沈教練用作單車訓練的馬場裏冒雨繞圈，是她每次訓練後，明明地上一大攤汗水，雙腿理應酸軟發麻，她卻沒說一句，收拾好行裝就吃飯去，還對住鏡頭亮出美麗笑容，跟我們說說笑笑，正如她在睡房裏提起跟沈教練哭着吵架，談笑自若，那是她在人後如何努力，贏人更贏自己的一種境界。

與教練大吵一場　曾想退役

對於奧運，我們都問 Sarah 能否再次踏上頒獎台，沈教練卻說不應談獎牌希望，Sarah 實力是世界前八，八人互相贏過又輸過，總之一切看臨場。但他不止一次讚過 Sarah 有強大的心理，莫論對手多強，她絕對相信自己，這大抵解釋了為何 Sarah 六年前還未到世界一流前，夠膽許下擊敗當時中國「一姐」郭爽的豪言，然後在呈貢基地的公園苦練原地起動一千次，最終在廣州亞運奪得 500 米計時賽金牌。「我相信努力就能成功，過去十多年的單車生涯已證明這一點。」Sarah 2004 年入隊後，2006 年因一次公路訓練炒車導致左手骨折，之後反覆做了幾次手術都沒痊癒，一度被沈教練勸退，但她一直堅持，才有今天的故事。「香港最強大腿」，從沒走過捷徑。

「不在牛下長大，沒有今天的我」

「我感謝自己走過的路。如果我不是在牛下長大，如果我沒斷骨，就沒有今天的我。只要想想自己是如何走到今天的位置，我就會踏實跟自己說，要謙卑。上天很公平，若我得意忘形，上天會收回我的成就。」

早從「單車仔」口中聽過呈貢的生活如何刻苦，宿舍經常沒有熱水（或只得全熱水沒凍水），不時停電，上網亦不方便；沈教練之所以把他們困在這個昆明東南部的縣市裏，要的是培養一種「除了單車只有單車」的態度。這裏像遠離地球，因為生活都以速度課、耐力課、體能課去切割，教練給你的訓練計劃就是日常行事曆。問 Sarah 幾月幾日星期幾，她要想；問她對上一次見家人朋友是何時，她要想；問她上次逛街看戲在哪，她要想；問她某次訓練衝刺是甚麼時間，她準確得說到千分一秒。她談奧運，只有努力卻無壓力，因為「每次訓練我都盡

100%努力，無論最後得獎與否，我已在玩命，不會有遺憾」。她拋出「玩命」這個詞語時，依然那麼平靜，我卻不只聽在耳裏，還鑽進心扉——一個香港女孩為了不可預期的將來，正在玩命。

「值得嗎？」我問。

「這是上天給我的能力，不是人人做到。既然上天賜予你這種才能，為何不好好珍惜？如果我放棄，或者視奧運為志在參與，我的人生可能好悶。大家常說運動員的生活好悶，我卻覺得每天都不夠時間用。訓練後，我不會想自己多辛苦，反而想今天克服了甚麼的累、踩了多少個圈。這是人生的一種進步。」

香港其他隊伍的教練都讚香港單車運動員特別吃得苦，「換轉是自己，未必練得來。」是的，他們把人生最燦爛、最有條件去任性的十多年付出了，每天過着刻板的生活，明明不知踩到多遠，雙腿卻繼續在輪子上不停轉動。我問 Sarah 奧運是甚麼，她撥撥長長秀髮，「奧運是信仰」，依然那麼淡然。二十九歲的李慧詩，活在光環下，曾經想得複雜，如今看得簡單，因為她踩到另一個境界，因為她信。

原載於「香港01」網站，2016年7月20日。

第三章

軀幹之無奈

汗水不住地往下滴，
呼吸越來越吃力，
身體沉甸甸的。
山上終於剩下我一人，
我邊喘氣，邊呼喊，
揮霍着所剩無幾的體力。
看着前方的山坡，
我開始懷疑自己是否
真的適合當一名運動員，
還是該跟着姐姐的尾巴，
努力讀書，升上大學？

身上的每道傷疤

第一節 ｜ 每天二百一十次仰臥起坐

好好騎，相信你

　　訓練完畢，機械師忠哥哥在車庫裏喊我，他把修車架上那輛全新的公路車推到我跟前，說：「給你的，以後好好騎吧！」

　　青訓隊隊員一般會自費購買單車，但我是個例外。

　　加入青訓隊的時候是冬天，當所有人都買了保暖的手袖和腳袖，我因為家境貧窮，捨不得花錢，頭盔和單車都用公家的，穿着學校運動服和球鞋就訓練去了。每次出發前，我都冷得發抖，但是心想：冷一下沒關係！然後，便慢慢接受了出發時冷得全身發麻，騎着騎着才有熱騰騰的感覺。

　　有一天，天文台發出寒冷天氣警告，青年教練敏姐和隊友看到我依舊短衣短褲上陣，終於受不了，帶我到單車店挑選保暖的單車服裝。我迫於無奈掏出 480 元，買了單車褲、手袖和腳袖。自己用錢買回來的溫暖，使我感到既幸福，又自豪。但是對於我一身連業餘單車愛好者都不如的裝束，忠哥哥還是看不過眼，找來幾件舊的單車衣和一對單車鞋給我，尺寸稍稍偏大，但看上去總算像樣一點。

　　從那時起，忠哥哥對我呵護備至，不時教導我如何修車，又給我單車雜誌，我因而獲得更多單車資訊。

　　這次，他竟然特地為我裝嵌一輛新車！

　　我看到眼前黃色的 Bianchi 單車，傻了眼，不敢相信我能夠擁有一輛屬於自己的新單車。不論是曲柄、車身或是車輪，所有配件都比其他公用單車高檔，前叉更是用碳纖維製造。忠哥哥拍拍座墊，說：「你再用那些硬座墊，屁股會開花的，試試這個吧！」那磚塊般硬的公用座墊，坐久了會磨損大腿內

推到我面前的，
是一輛新車，
還有希望、關愛
和不問回報的支持。

側，痛楚難以啟齒。我扶着車，用拇指捏一捏新座墊，軟硬適中，手一鬆，座墊就馬上回復原狀。

我迫不及待試騎新車，興高采烈地走出車庫。一踏出去，就聽到一班男生喧嘩的聲音。我往聲音的方向望去，青訓隊的師兄們正指着我議論紛紛，彷彿我是偷車賊。家庭經濟許可的運動員，可以買到心儀的單車；而家庭經濟條件不許可的運動員，只能用公用單車。我甚麼成績也沒有，卻獲得如此厚待，何德何能？我羞怯得不敢再前進。敏姐剛好經過，看到我難堪的樣子，似乎意識到我受不了別人的談論，便氣沖沖地跑過去斥責師兄們。

我回到車庫，忠哥哥看到我的笑容消失了，便擺出一副滑稽的樣子，說了一大堆笑話逗我笑。面對他的好意，我啼笑皆非，使我倆尷尬得很。

我們一聲不吭，直到敏姐進來，打破了車庫內的窘況。她把外面發生的事告訴忠哥哥，他恍然大悟，轉而嚴肅起來，語重心長地對我說：「不用管別人說甚麼，好好騎，忠哥哥相信你！」

「好好騎、相信你」──他可能不以為意，幾句勉勵的話，在那時候，在我的心中扎了根。

「加油呀，Sarah！」我喘着氣，看着漸漸遠離的隊友湯蒨彤和主車羣，拼命地攪動着腿，希望把彼此的距離拉近分毫。但越騎越渺茫，他們一個短坡就能把我甩掉。湯蒨彤與我年紀相若，能力比我強得多了！每次公路訓練，她都能跟上男生，加上她騎着的 Giant 單車和一身入流的單車裝備，看上去十分專業。而我，沒有一次不掉隊，換了忠哥哥給我特製的單車，依然一上坡就掉隊。這就是我和她的距離。不管是騎車稟賦，還是家庭背景，差距都是判若雲泥。

　　車羣慢慢從我的視線中消失，我的體力開始透支，藍色的青訓隊隊服盡濕，汗水不住地往下滴，呼吸越來越吃力，身體沉甸甸的。山上終於剩下我一人。我邊喘氣，邊呼喊，揮霍着所剩無幾的體力。偶爾會有一輛汽車在我身旁擦過，提醒我在馬路騎行時該保持的速度。我繼續蝸牛似的緩慢移動，只有在巨大的巴士經過時，才勉強加點速度，以免被龐大的氣流弄翻。

　　我孤身一人，思緒被不同的事件纏繞，想到隊友有意無意的奚落，我感到羞愧；想到媽媽對我的期望，我更感到無地自容。

尚在起點，
何以勝負已分？

謝謝你——
不管別人說甚麼，
我會好好騎，
相信自己。

從小，姐姐的學業成績總是名列前茅，儘管我竭力地追趕她的步伐，年紀越大，越發現是徒然。後來，我找到引以為傲的據點——騎單車，可是媽媽並不支持。我知道，她想我跟姐姐一樣，好好讀書，考上大學。她不想我成為運動員。看着前方的山坡，我開始懷疑自己是否真的適合當一名運動員，還是該跟着姐姐的尾巴，努力讀書，升上大學？

「好好騎、相信你」忠哥哥的話忽然在我腦海中響起，思想與身體馬上重新連接，支配着乏力的手腳。無論如何，我也要堅持爬上山坡。

八塊腹肌的信心

全職訓練和青訓隊的女生數目伶仃，教練當然想鼓勵更多女運動員加入。我能成為全職運動員，似乎是順水推舟的事。當我還在質疑自己能否勝任時，大家的焦點已經轉移到如何把我培養成精英運動員。

我全職生涯的第一位教練索洛陽，是亞米尼亞人，任教香港隊前，他已經有三十年教學經驗。他的頭髮灰灰白白，眼睛窩在深深的雙眼皮下。他嚴肅的時候，又高又尖的鼻子像隻手指指罵人，兇巴巴的。

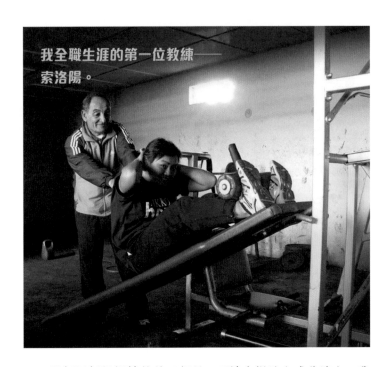

我全職生涯的第一位教練——
索洛陽。

　　跟師兄師姐訓練的首三個月，不論在場地上或公路上，我無不掉隊。我認為自己剛當上全職運動員，掉隊是正常不過的事，索洛陽卻對我的想法十分不滿。有一次，二十分鐘的場地暖身，我跟了六分鐘就下道了。我含着淚自辯，他責備我不夠努力。又有一次，我跟他説：「只要慢慢騎，我一定能完成100公里。」他嘲諷道：「慢慢騎誰不會？我五十多歲也能！」我實在不明白，他為甚麼不給我進步的時間呢？

　　直到索洛陽離隊，我才懂得每件事都有限期，愧疚自己不分尊卑。道別之際，我跟他道歉，他不計前嫌，輕輕搭着我肩膀説：「如果你像 Jamie 一樣，早點成為全職運動員，我就能教你多點技術了。」我趁機請他作最後提點。他説：「要記着，短距離，腰腹肌是最重要的。」

不久，日本教練保坂晴稔接替他的崗位。保坂教練有一頭柔順而發亮的銀髮，加上一個大大的「啤酒肚」，樣子十分慈祥。他循循善誘，我卻嫌他嘮叨，晦氣地想：他想教好每一名運動員，但以我的能力，花多少功夫也是白費吧！

我消極的態度沒有撲滅他對教學的熱誠。他將日本競輪學校的一套力量課動作傳授給我們，包括深蹲、俯身划船、卧推、挺舉……由於動作較難掌握，他怕我們受傷，即使年過六十，依然堅持親自示範。

他和索洛陽一樣重視腰腹肌，要求我們每天做左、中、右共150次仰卧起坐，大家都不情不願地動起來。我雖面有難色，但看到他的熱心，加上索洛陽臨別時的叮囑，便勉為其難，開始了150次仰卧起坐的體驗。

我單純地想：只要開始了第一次仰卧起坐，就有機會完成150次。抱着這個想法，我一天一天完成這艱難的任務。

首個星期腰腹反應特別強烈，為免牽扯酸痛的腹肌，我不敢大笑，連呼吸也如履薄冰。日復日，月復月，我終於撐過了肌肉反應所帶來的煎熬，挑戰成功！

自此，我把仰卧起坐列為恆常訓練，即使2006年手腕骨折期間，我仍堅持獨臂完成每天仰卧起坐的訓練。2007年1月，我手傷初癒，還沒有比賽，就以完成150次仰卧起坐為目標，慢慢重拾失落的自信。除了練出八塊腹肌，成功感和滿足感亦跟着長起來。

鍛煉成銅牆鐵壁

然而，四月的一個傍晚，我得意洋洋地做腰腹肌訓練時，一位剛入職不久的體能教練經過，看我輕而易舉地完成訓練，便隨口問道：「你覺得這樣就足夠？」那初建立的信心就像撲克牌堆疊成的堡壘，被他不經意的話，吹倒了。

躲在堡壘的我頓時方寸大亂，窘態盡現，從前曾經奚落我的運動員，一個又一個，從記憶中跑出來圍攻我。他們說得對，我甚麼都不是，出身屋邨，沒有得到過甚麼獎牌，卻這樣沾沾自喜。我彷彿聽到他們的嘲笑聲，他們毫不留情，把散落一地的撲克牌逐張翻起來看個夠。陣陣笑聲在腦海中迴盪，我瑟縮一角，任憑嘲笑聲此起彼落。

第二天，我依舊完成了150次仰臥起坐，但積極的心情已不復再。

每個人的出生貴賤，都是命中注定。像黃金寶能成為亞洲車神，李麗珊能成為奧運冠軍，是他們的天賦和後天努力使然。像我這般平凡的材料，單憑努力就能變得像他們那樣出眾嗎？

我沉默地坐在仰臥起坐的練習椅上，環視四周默默耕耘的運動員。我想：這些人現在無論多努力，結果可能也是徒勞無功。其中一個比我高、比我壯、比我年輕的女孩，是羽毛球運動員，我差不多每天都看到她在力量房獨個兒跳繩，卻從來沒看見她與隊友在一起。那一刻，不知道是好奇心驅使，還是自己不甘被打擊，我走過去問：「你怎麼總是一個人訓練？」

我以為她的自尊心，會像我一樣，輕易被傷害，怎知她停下來，以堅定的眼神看着我說：「如果我跟其他運動員練習同樣的內容，我的成績不就跟他們一樣嗎？要成為更傑出的那一位，我不是應該比別人更努力嗎？」說畢，她又繼續揮動繩子，起勁地跳着。

身上的每道傷疤

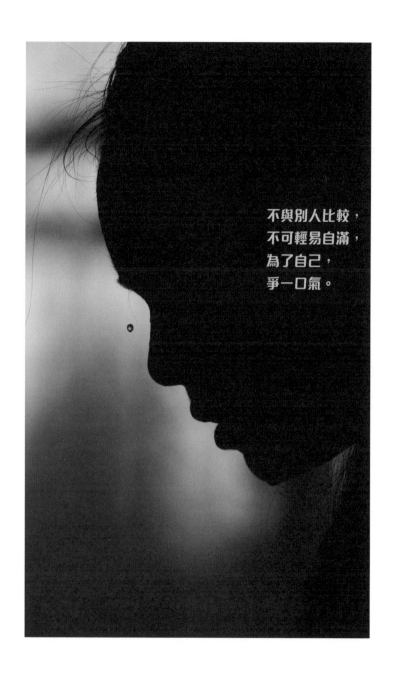

不與別人比較，
不可輕易自滿，
為了自己，
爭一口氣。

她的話宛如當頭棒喝。

我凝視鏡中的自己，再從鏡裏察看她和其他運動員，不論男女，年青的、年長的、高的、矮的、胖的、瘦的，大家都在專注地訓練，並沒有留意呆坐的我。在乎身世的，似乎只有我。

我緊握拳頭，深深地吸了一口氣，感覺胸口熱了起來，那不是惱怒之火，而是那麼多年被瞧不起，累積下來的不服氣，我想為過去弱小的自己平反，我要用行動證明自己對單車的熱愛，努力為自己爭一口氣。

他們的話成為我往後訓練的動力，我不要跟其他運動員練習同樣的內容，我不可以輕易自滿。

於是，我每天花三四小時在體能室，任憑身邊一個個運動員完成訓練，我只沉醉在自己的訓練上。除了享受訓練的過程，我對訓練質素的要求也越來越嚴謹，不再像以前那麼容易自滿，不再滿足於150次仰臥起坐，我把次數增加到210次。有些隊友說：「練那麼多太不智。」有些說：「腰腹肌厲害有甚麼用？」但從前的撲克牌和我的腰腹肌一樣，已成了銅牆鐵壁。

達成210次仰臥起坐的那一刻，我只想到曾經督促我的教練和人生第一場亞運。

從頭到腳——騎車裝備

詩：騎單車的裝備要在「速度」和「安全」兩個準則之間取得平衡，運動員可就個人需要和負擔能力選擇所需的裝備。

風鏡（Goggles）防止騎行時有異物弄傷眼睛。場地頭盔連着風鏡，可減少風阻。另有一種磁吸式風鏡，可以輕易從頭盔上裝卸，使用時更方便。

頭盔（Helmet）以碳纖維製成，輕巧、堅固。場地單車手所用的頭盔比一般頭盔的氣孔少，形狀配合氣流走向，減少風阻之餘，也不會令車手感到悶熱。

單車服（Jersey）
給肌肉適當的壓力，令身體表面保持平滑，減少風阻。以貼身物料，如乳膠、碳纖維布，搭配舒爽的衣料製成，既快乾又保暖，能幫助運動員調節體溫，應付整日的賽事。不上場時，車手可以按需要加上腳袖、膝袖保暖。

手套（Gloves）
分半指型和全指型，掌心部分有軟墊加厚。短距離車手會選沒有軟墊的手套，以保持握把的手感和控車的靈活性。不戴手套的車手可以在掌心沾上鎂粉防滑，不過大部分車手都會戴上手套，避免意外着地時擦傷手掌。

半指型手套

全指型手套

單車鞋（Cycling shoes）
要輕巧、堅硬，令腳部使出的力量盡量傳遞到腳踏。從前光着腳穿木底鞋，穿得久會令腳痛得發麻，現在的單車鞋以碳纖維製成，更貼合腳型，再配合單車襪，穿起來舒適多了。

第二節 ｜ 小比賽，小希望

機會，與厄運相隨

　　勤練腰腹彌補了手腕活動能力的限制，康復後，操控單車的技術沒有倒退。2007年炎暑，我參加了兩場亞洲盃，並奪得兩銀兩銅，對剛復出的我而言，無疑是個好開始。

　　體能教練 Del 在我受傷時曾說：「厄運伴隨着同等分量的機會。」我開始體會到這句話的意義：阻礙我發展的，根本不是天賦問題，而是信心問題。以往，每當我遇到困難，總因為缺乏信心而輕易放棄。受傷一年間，反而建立了信心，我明白能力是從日復日，月復月，年復年的訓練而得來。

　　要奪得亞運金牌似是遙不可及的夢，以我的能力來說，不管是500米計時賽、凱林賽或是爭先賽，距離奪獎的水平還相距甚遠。不過，離亞運還有三年時間，我還有機會。

　　幾個亞運項目中，我對500米計時賽的獎牌有一點點遐想，除了因為兩場亞洲盃的成績，還有500米計時賽是一次定

只要多下苦功，
我和夢想，
就能靠近一點。

輸贏的，不講戰術，不用與對手同場較量[3]，是純粹和時間、和自己的競賽，一切都來得簡單直接。我想：只要多下苦功，我也有可能在亞運爭一席位。

一秒的大躍進

事實並沒有想像般容易。

當時正值奧運年，沈教練把焦點都放在奧運運動員身上，於是他交託上海隊長距離教練喬春安負責我的訓練。康復後不被重視是意料中事，不過，能再次騎上單車，我已感到很幸福。我知道我的地位卑微，盡量不給上海隊添麻煩。沒想到喬教練不但沒有忽視我，反而悉心指導我。

500米計時賽不能忽視的技巧是原地起動（Standing start）：講求手腳協調和出發時間的準確度，第一圈起動的速度直接影響第二圈的時間。當時我首250米的時間約21秒3，比常勝的中國國家隊運動員慢兩秒，整體時間當然判若宵壤。明知力量微弱，我還是懷着小樹苗般的信心和希望，拼命練習。

不像做仰臥起坐，練多少，進步多少，即使練過數以百次的起動，比賽開季前，我在500米的成績依然沒有絲毫進步。但我死心不息，不相信運動員的生涯就此告終。我順着「很想練好」的感覺，無休止地練着，沒有顧慮比賽。

在比賽前一天，我還一直拉着喬教練，請他幫我扶車練起動。

他十分樂意協助我，每次扶車時都碰一下我的左腿，說：「起動時，這條腿使勁蹬。」再碰一下我的右腿，說：「這條腿往上提。」

3　2017年，500米計時賽初賽改為「兩輪對決」方式，即兩名選手分別從賽道兩邊的追逐線同時出發，計算騎行時間，爭取八強席位。

數不清練了多少次，忽然有一次，我感到整圈起動順得很，喬教練看了看時間，欣喜得像我拿了獎牌般呼叫着：「李詩詩[4]，你進21秒了！」我本想再練一次，他卻說：「好的東西做一次就夠了，把體力留到明天吧！」

我進步了！第一圈能進21秒，500米整體時間一定能在36秒內，比賽時，大家肯定對我刮目相看呢！我幻想着。

然而，比賽並不是幻想的模樣。

當時的單車頭盔不是用活動扣子來調鬆緊的，而是用魔術貼，魔術貼不能緊貼頭部，所以運動員會想辦法穩定頭盔。短髮的，會以太陽眼鏡承托頭盔；長髮的，則把辮子塞在魔術貼與頭盔之間。骨折後我剪了短髮，那時頭髮還不夠長梳辮子，又沒有太陽眼鏡。可想而知，起動的瞬間，因為頭用力晃動，頭盔毫不留情地往下掉，我的視線幾乎被頭盔擋住，只能憑直覺騎完全程。

39秒7。

下道後，我十分沮喪，身旁的隊友不忘取笑我，他們不知道我比賽前有所突破。但喬教練知道，他替我不值，皺着眉，不忿地說：「訓練的水準怎麼沒有發揮出來？」看他着急的樣子，我更覺得自己有愧於他，緊緊抿着嘴，心裏默默想：我誓要以成績報答他。

誓言，不僅是對別人的承諾，更是自己心中的一份執着。

一年間，我進步神速，第一圈的時間躍升0.5秒，邁向20秒3的水平，第二圈時間亦提升至15秒。在外行人眼中，一秒之差可能微不足道，但對計時賽的運動員而言，不單1秒，

4　因為看到許多國內運動員都是以疊字為名字，所以我貪玩給自己起了一個別名「李詩詩」。

0.1秒也是致勝關鍵。一秒的大躍進，對我無疑是很大的鼓舞，更驅使我異想天開：我會否也有能力爭奪亞運金牌呢？

第一面世界獎牌

奪金，談何容易？

中國比賽季度那半年，我在500米計時賽的成績徘徊在35秒，似有進入平台期的跡象。平台期是大部分運動員必經的階段（只有極少數運動員在整個運動生涯中沒有經歷過），許多運動員在平台期熬不住，鬥志日漸消磨，最後無奈離開。誰也說不準自己有多少爬升空間，面對無限期的停滯，要克服它，並攀上更高的水平，需要極大能耐。一想到自己可能面臨前功盡廢的結局，我十分苦惱。

目前的成績雖足以讓我踏上亞運頒獎台，但要問鼎冠軍寶座，仍然有點距離。恢復訓練才半年，我不甘那麼快進入平台期，但單憑我一人之力，我沒有信心有所突破。

自保坂教練離隊後，短距離沒有技術教練，計劃通常由沈教練安排，其他教練協助執行。後來，我受傷了，肥仔忠亦離隊，隊中有一段時間完全沒有短距離運動員。

2008年年底，我在平台階段兩個月了，肥仔忠忽然有意歸隊，於是單車部再次聘請外籍教練來港任教。加拿大籍教練Des一頭塵灰色的短髮，但因為他常常戴着鴨舌帽，穿着汗衫短褲，看起來十分年輕活潑。

他常說：「人生是美好的。」（"Life is good."）他說這句話時，我總看到他的眼睛發光。那點光芒好像在告訴我——希望就在眼前。

他安排的訓練量不算大，訓練節奏較有規律，和沈教練訓練量較大、不規則的訓練模式大為不同。我初時猜疑練得不

我可以嗎？
「你可以的！」他們如是說。

夠會退步，自己又不懂訓練學，但從肥仔忠口中得知，Des 擔任加拿大國家隊主教練十多年，給他指導過的運動員甚至曾破 200 米世界紀錄。我頓時覺得機會難得，可能他會把我們也培訓成世界冠軍，便信口開河說：「我要成為世界冠軍！」（"I want to be the world champion!"）肥仔忠馬上回以冷眼，但是 Des 說：「你可以的！阿寶也覺得你可以。」（"You can do it! Ar Po also said you can do it."）

因為 Des 的信任，這痴人說夢的荒唐話瞬間成了我的志向。

因為他的信任，我願意相信他，亦有更大信心與他一同走向世界舞台。

我們每星期共有十節訓練：三節大力量課、三節場地課、兩節小力量課和兩節公路課。休息期間，我會請教 Des 騎車技巧。

三節場地課當中，必有一節是四分之一圈起動訓練，因為 Des 把前四分之一圈看成起動最關鍵的動作，於是抽出來單獨練習。他提醒我，起動時，臀部要向前推，加上腿漸快的節奏和有力的呼吸，方能推動靜止的單車在開閘的時候迅速彈出。Des 來隊前，我曾研究中國國家隊運動員的起動動作，卻往往抓不到最精準的時機起動，經 Des 的提點後，我更加留意雙腿攪動和呼吸節奏的配合，花了兩個月，第一圈時間終於突破20 秒，意味着我離亞運金牌的目標又踏前一大步。

2009年是全運年，全運會是中國每省都會派隊參加的大型運動會，參加人數甚至比亞運多，奪獎機會自然比亞運少。許多其他項目的運動員都志不在此，但對香港單車隊而言，全運會的重要性堪比亞運，沈教練從不放棄在全運會爭奪獎牌。

我認為自己能力不足，沈教練卻認為我有望爭奪全運會500米計時賽獎牌。我沒有告訴他，我只為自己訂下前六名的目標，我還是有自知之明的……Des來了不到一年，我在500米的成績雖由36.1秒提升至35.3秒，但一直未騎進35秒內，2009年幾站全國比賽我都只得前六名，相信最終的名次不會有多大驚喜。

事實亦然，我只得第七名，與第六名時間相差0.06秒。以分毫之距未能達到目標，實在遺憾，無奈的是，要捲土重來，便要多等四年。

四年後，誰有十足把握取勝？不過，大型運動會的魅力就在於此，賽果如天氣般難以預測。冠軍只有一個，四年復四年，儘管運動員個個拼盡全力，但很多時候都是空手而回。

全運會落空，只能多等四年。意想不到的是，在全運會後一個月，我在世界盃英國站的500米計時賽竟騎出34秒88，獲得第8名。我沒有察覺，原來自己已不知不覺走到世界舞台的大閘門前。我呆滯片刻，懷疑成績的真確性，Des走過來，像父母誇讚自己的孩子般說：「不用擔心！你是最好的！」（"Don't worry! You are the best!"）

成績切切實實往上爬，我還對自己的能力半信半疑，以許多理由否定自己的成績：這只是一場很小的世界賽、剛好幾個實力強勁的運動員缺陣、500米也不是奧運項目……然後，我無意間在世界盃中國站獲得凱林賽銅牌，像小孩誤打誤撞推開了大閘門，踏進前所未見、截然不同的世界。

凱林賽不是我的主項，卻是奧運項目，我半開玩笑的跟Des說：「或許我可以成為奧運選手。」（"Maybe I can be the Olympian."）他一本正經，伸出手指，指指自己，又指指我，說：「我和你會去倫敦的。」（"Will go to London, you and me."）

隱隱作痛的身體，搖搖欲墜的信心

能否去倫敦是未知之數，我把自己所說的狂言拋諸腦後。踏入亞運年年頭，我專心準備應戰。在此之前，香港單車隊的短距離代表未曾獲得大型運動會的獎牌，我想只要Des繼續任教，我就有機會為短距離作零的突破。懷着破釜沉舟的決心，我爭分奪秒地訓練。

回到昆明備戰，我聽阿寶的叮囑加操，除了正課之外，下午一空閒，我就拉着隊友們到附近的公園練習起動，因此起動的動作越來越熟練。三月中，我的第一圈時間已經達到19.4秒，那時候我想：只要不受傷就好了。於是每天中午和晚上，我都不厭其煩地做恢復治療：冰敷、按摩、拉筋、睡氧倉……一切都是為了防止受傷。可是事與願違，隨着亞運臨近，我左右兩側的髖關節越來越痛。

我早有察覺，這一年多，只要一深蹲，髖關節就隱隱作痛。但我一直哄騙自己沒事，硬要逞強，把受傷視若等閒，還不斷增加槓鈴的重量，好比在充滿氣的氣球上持續施壓，直至它受不了的時候，一戳即破。

2010年4月，距離亞運尚餘七個月，我決定正視問題，約見醫生。醫生安排我一星期後作磁力共振檢查，沈教練想儘早知道痛的原因，要我馬上去深圳人民醫院照片子[5]。

5　國內公立醫院通常能即日安排病人做電腦掃描和磁力共振檢查。

原定即日來回的行程，延長至兩日一夜，因為深圳醫生初步檢查時發現右髖有陰影，要我留院詳細檢查。

「磁力共振結果沒有發現問題，但 X 光片和電腦掃描檢查都清楚看到陰影，可能是腫瘤，我建議你還是回香港好好檢查一下⋯⋯」

似曾相識的境況，把我再次拉回四年前的無助和窒息感當中。我雖怕，但提醒自己不要慌。四年前，我就是因為無法冷靜下來，在徬徨和無知之下，焦急地決定做手術。從深圳回程時，我一路祈禱，希望自己能冷靜下來。禱告使我的心安定，只是，痛楚依然。

回到香港，我把報告交給醫生，他一看就說：「髖關節的陰影應該是你做植骨手術時抽出骨頭的地方吧！」我抹了一把冷汗，慶幸患癌之說純屬虛驚一場，繼而他又搖搖頭說：「片子的質素太差了，在香港重新做檢查吧！」

痛症原因未明，深圳之旅白走一趟。香港醫生說兩邊髖關節問題要分兩個星期檢查，沈教練認為醫生無理，說我不該為這些「小傷」耽誤訓練。亞運臨近，我當然也心急如焚，但若非情況迫切，我怎會做影響訓練的事呢？要在不耽擱訓練和不加重傷勢之間選擇，我輾轉反側。萬一去不成亞運，Des 和沈教練一定會很失望；但萬一髖關節的勞損無法復元，我要一輩子瘸着腿走路，又該怎麼辦？

兩個星期的等待說長不長，說短非短。報告終於出來，結果，神沒有在我身上行神跡，醫生凝重地說：「你兩邊關節軟組織有不同程度的撕裂，如果要減輕痛楚，建議你做手術修復撕裂的部位。」軟組織用來保護關節，使關節活動更穩定自如。一旦軟組織撕裂，復元時間比肌肉慢，即使做手術，也未必能完全康復。

我不敢告知 Des 和沈教練，獨自發愁，一直拖着不做檢查，就是怕又回到當年每星期往返醫院覆診、心情起起伏伏的生活。我拖着受傷的腿，不願再走下去，獨自坐在角落裏，向神埋怨：「人離不開疾病，運動員離不開傷患，基督徒離不開苦難，但為甚麼我承受的苦比其他人多？是我禱告不夠誠懇，還是讀《聖經》不夠敬虔？我剛剛在世界舞台嘗了點甜，祢又把我踢出門外，到底祢要我經歷多少痛苦，才賜予平安？」

　　「髖關節的傷好點了嗎？」體院的許大夫看我神情呆滯，忽然從後拍拍我的肩，把我從悲傷中喚醒。「許大夫，醫生說……要做……手術。」

　　「做手術？別搞了！」許大夫像一級方程式賽車的維修員，以最短的時間幫助我回復狀態，再踏征途。之前每次膝痛，我也會找他，幸好膝蓋一直安然無恙。他一邊按壓我的痛點，一邊說：「你右邊的髖關節屬於舊傷，痛感遲鈍一點，左邊是新傷，痛感明顯。你練了幾年單車？」

　　「六年了。」

　　「練了六年，有傷很正常，我把你的關節鬆一下，就沒那麼痛了！十天一定好，做甚麼手術！別再為身體添傷疤了！」

　　六年來，每個選擇，都是拿人生作籌碼。身邊的人像路上的指示牌：你該走這邊，不，你該往那邊……我真不確定誰最可信。每個常規結果都有例外，就像我的手腕最後要做融合手術[6]，喪失了正常手腕的活動能力，就是常規中的例外。例外沒有好壞，也沒有對錯，純屬每個人獨特的經驗。當經驗不斷累積，人就慢慢學懂選擇。

6　當關節嚴重受損，將關節兩端的軟骨移除，使兩個關節的骨頭直接結合。

EX LIBRIS

我反覆思量後，決定不做手術。亞運在即，我選擇保守的非入侵性治療，一方面以中式手法治療，放鬆肌肉，另一方面以等速訓練 (Isokinetic exercise) 增強大腿後肌羣的力量，從而紓緩前大腿肌對髖關節的牽扯。

　　覆診檢查的那一天，我的痛楚已減輕不少，醫生大感驚歎：「真是神跡呢！」我比醫生更吃驚，他提醒我，神一直在我身上作工呢！

　　這些年，不同部位輪着痛，我經歷過悲傷、灰心、挫敗，但是無可否認，我因此學懂了照顧自己，面對抉擇時越來越鎮定和有能耐，這就如《聖經》所說：「因為知道你們的信心經過試驗，就生忍耐。但忍耐也當成功，使你們成全完備，毫無缺欠。」(雅各書1：3-4) 聽到醫生的驚歎，我放鬆心情，緩緩踏出治療室。

　　亞運最後階段，髖關節的痛悄悄離開我。

　　我坦然無懼，向着34秒的關口進發。

第三節 ｜ 亞運賽前日記

18/10/2010

離亞運只有一個月，覺得很累，還是要繼續。

盡量告訴自己：平常心。

平常心去對待身邊的人、事，這樣心情便不至太糟糕。

平常心去看睡眠，那便不會擔憂睡不着。

平常心去面對比賽，把亞運看成普通的比賽。

真想呼呼大睡，因為很久沒有一覺睡到天亮了。

主，這幾天很累，騎不動，不知道為甚麼，希望過了就好。

我不安慰自己，只希望一切順稱的旨意而行，因為稱的名為聖。明天我會努力的！

21/10/2010

上午：今天的訓練是騎4個500米，上午2個，下午2個，上午我騎到 best time 34秒15，沈教練說如果進了34秒，就請我吃好的，估計很難，因為除了要很專注，還要貼黑線和後程不減速。不想只做得很好，希望做到最好。

下午：嘩！騎到33秒5，一年可以突破一秒，好快樂！

天父爸爸，沒有人知道我心裏有多喜悅，但在喜悅中卻有點徬徨，我相信沈教練的心情也一樣，今天他比我還激動呢！

我希望贏，但誰又知道比賽那一天會怎樣？

6/11/2010

　　昨天搬進亞運村，沒有想像般好，缺少許多日常用品，枕頭也睡得不舒服，只好拿棉被當枕頭。樓上住了香港足球隊，晚上吵得讓人感覺他們不是來比賽。我寫了一張紙條，塞進他們房的門縫，希望他們今晚可以靜一點。

　　張大夫說他累了，從前龍大夫也這麼說過。我不喜歡這樣，看見工作人員體力不支，還要硬撐着。

　　神呀，雖然沈教練叫我不要擔心，不過我還是很害怕，尤其是有時候頭痛，有時候有痰、會咳嗽，不知道是高強度訓練後的反應，還是真的病了。我希望全隊都不要病！

11/11/2010

　　距離比賽還有兩天，似乎甚麼問題都解決了。之前一下平原只騎到35秒1，一直在找原因，原來是因為平原氣壓較高，加上這裏是250米場地，直道不夠距離加速，同樣使用46/12的傳動比[7]，和在昆明的333米場地時比較，感覺偏重，難以騎出33秒5的時間，聽了生物力學的白鳴老師建議，沈教練決定用47/13，所有問題都迎刃而解。

　　很想很想告訴沈教練，我想贏中國運動員郭爽，現在不再想傳動比的事，全都交託給沈教練吧！

　　今天心情很好，很享受在場地上的每一刻，無論其他人怎樣說，我相信自己是最強的，只要發揮平時訓練的水準。即使那個「很想贏郭爽」的念頭不停在腦海中迴旋，但我仍不需要有任何壓力，因為我從來沒有得到甚麼，沒有所謂的失去。我再也沒有其他盼望，因為我已經得勝，靠着神，我已得勝。大家也為我而驚訝，其實並不是因為我，而是從上而來的榮耀。

軀幹之無奈

7　傳動比是前齒盤與後飛輪的齒數比例，例如46/12，是指當46齒的前齒盤轉動
　　1圈，12齒的後飛輪轉動約3.8（46÷12）圈。

白鳴老師說，我是新一代女車神，雖然我很快樂，但我知道我現在甚麼都不是。如果得獎，不管是第幾名，也應該快樂、知足（寫這句話的時候已經有點苦澀）。哦，感謝身邊幫助我的人，因為他們，才有今天「忽然那麼厲害」的我。

　　我很想贏了亞運之後給自己買 MP3。

　　天父爸爸，機械師 K 哥說他不開心，求祢幫助他不要再被教練責備了。

12/11/2010

　　今天的訓練不多，沒想到100米騎了5秒5，那就不用擔心明天會發揮不好了。

　　訓練後我和阿寶聊了一會，把心裏的想法都告訴他，他說不用感覺對不起工作人員，做到最好便可以。他幫了我很多，叫我幻想自己把身上一個又一個沉甸甸的包袱放下。的確，何必背那麼多包袱？

　　訓練完畢後，本想找沈教練說一下明天的安排，不知道為甚麼他忽然罵我不睡午覺，我被他兇得哭了好久，哭着哭着就睡了。睡醒後，好像過了很多個世紀。

　　晚上有開幕禮，不知道有多少人去參加這個慶典？我也有點想去，不過我不喜歡坐車，也不喜歡人多，還是留在房間安安靜靜，迎接明天的比賽吧！

　　一想到明天，就有無限力量。（明天早上8點出發，9點到場地，預備功夫半小時，10點05分開始暖身）

　　我已經準備好，只要勇敢一點就可以！

13/11/2010

　　早上：昨晚睡得不錯，醒來兩次而已，現在也不覺睏。現在才8點半，早到了一點，不過沒關係，因為平時也是這樣，早總比晚好。

　　今天是第一天比賽，加油喲！

☆　　在車上，心情平靜，不緊張。

　　下午：深呼吸，放下你背上沉重的擔子。記起阿寶昨天對我說的話，坐在等候區準備上道的時候，我深呼吸了好幾次。想起從2008年開始以500米為主項，在第一面獎牌的基礎上，一路往前走，這半年雖沒有Des的訓練，但我知道我會越走越遠的。終於，我走到亞運這個舞台，不論輸贏，我無怨無悔。

　　五、四、三、二、一、砰！起跑器開動。我隨着夏教練喊破喉嚨的吶喊聲彈出起動架，迫使自己全速前進。我萬分緊張，但那一瞬間我告訴自己：「有信心，加速吧！」於是，捉緊車把，把臀部拼命往前推，全力加速至另一邊的彎道，一切都很順利。騎到一半的時候，腿不知何故開始發軟，我聽見沈教練和夏教練聲嘶力竭地呼喊着。我咬緊牙關，不斷提醒自己：「抬腿、集中、扶緊車把、只管加速、不要相信自己的感覺⋯⋯」比賽進入最後直道，我再次聽到教練們的呼叫時，已經是衝過終點的時候了。

軀幹之無奈

Cycling Track
MEDALLISTS
Women's 500m Time Trial
LEE Wai Sze
GUO Shuang
HSIAO Mei Yu
CORIMA
HONG KONG

33秒945，我做到自己定下的目標，也破了亞洲紀錄，但不敢雀躍，因為郭爽最後才上場。喘着氣，我回到休息區，看見大家臉上都掛着燦爛的笑臉，都舉起拇指說好！

　　郭爽出發的時候，我看也不敢看，想着即使拿第二也心滿意足。「Sarah，你起動比郭爽快0.1秒！」張大夫說。我不敢相信自己的耳朵，0.1秒實在是很少的距離，我的速度耐力沒有郭爽好，本來已準備好心情去頒獎台接受銀牌。

　　「你贏了！」張大夫說。

　　我抬頭看看螢幕，34秒2，郭爽騎出34秒外，我贏了！我終於贏了國內運動員。身邊不斷有人走過來與我擁抱，隊友張敬煒更激動得把我的頭髮弄得亂七八糟，只是我沒有理會，因為不論美醜，我贏了！我一邊尖叫，一邊舉起勝利的雙臂。

　　怎料沈教練匆匆跑過來，大力拍打我的臉，以激昂的聲音喊着：「別叫了，回到車上放鬆！」我停止叫喊，才記得還有四天比賽，只是剛完賽的喘氣聲和夢想成真的心情久久未能過止，就像沈教練再理性也無法掩蓋喜悅的心情。

　　2010年亞運第一金，Sarah！

　　我要記住這一刻，因為這是神的恩典。
（要學習阿寶，努力準備下一場比賽，想自己應做甚麼，不要這麼輕易滿足。）

　　主，請差遣我。這句話，在我心中，十分清晰，我沒有質疑，那是對主的信心。只要信心堅定，任何阻礙都不會影響自己。感謝主的陪伴！

軀幹之無奈

109

啟詩問答

國際選手的舞台

啟：如果不熟悉單車運動，大概以為只有奧運冠軍是單車選手的最高殊榮。

詩：場地單車比賽賽制多，大眾會混淆也是正常。就讓我說說一個國際單車手（International rider）怎樣由本地賽走到最高級別的國際賽事吧。

奧林匹克運動會
Olympic Games
四年一度的國際頂尖賽事，參賽名額根據運動員在世錦賽、世界盃及其他奧運資格賽中累計積分而成的世界排名分配。排名越高，所屬地區的名額越多，所有參賽選手基本要有 10 UCI 積分。

場地單車世界錦標賽
Track Cycling World Championships
場地單車的最高級別比賽，由國際單車聯盟（UCI）主辦，每年二月至四月舉行，冠軍選手會獲頒「彩虹戰衣」。香港曾在 2017 年主辦這個比賽。2021 年 11 月新增場地單車冠軍聯賽（Track Champions League），世界級選手將比拼六個回合，角逐冠軍。

場地單車世界盃
Track Cycling Nations Cup
2021 年前名為 Track Cycling World Cup，世界各地巡迴舉行，規模僅次奧運和世錦賽，約三至六個分站。香港曾在 2016、2019 年舉辦分站賽事。除了個人追逐賽和計時賽，參賽者必須得到 250 或以上 UCI 積分才可參賽。

地區性賽事
Regional Games
國際單車聯盟認可的地區賽事，如四年一度的亞運（Asian Games）。五個或以上國家協會參加的賽事，與一級賽佔分比重相同。三至四個國家協會參加的賽事，與二級賽佔分比重相同。

洲際錦標賽
Continental Championships
由五大洲的洲際單車聯盟各自舉辦，每年一次，必須在世錦賽前至少六個星期舉行，如亞洲場地單車錦標賽（亞洲單車聯盟主辦）。

一級賽　Class 1
最少四個參賽國家、五個賽項，當中須包括男子女子精英項目，以及最少一項青少年、23 歲以下或殘障項目。男女子精英及 23 歲以下項目選手最少 10 UCI 積分，如澳洲阿德萊德自盟場地賽（Adelaide Track Cup）。

二級賽　Class 2
最少三個參賽國家、三個賽項，當中須包括男子或女子精英項目，以及最少一項青少年、23 歲以下或殘障項目，如日本學生單車聯會國際場地單車盃（JICF International Track Cup）。

本地賽　National Championships
國際單車聯盟認可的本地賽事，如全國運動會、全港場地單車錦標賽，與二級賽佔分比重相同。

身上的每道傷疤

第四節 ｜ 八塊腹肌的軟弱

腹直肌的抗議

姐姐把她的兒子放在我懷內，我用不輕不重的力度接過這柔軟的身軀，雙手變成搖籃，唱着歌哄他睡。

他露出一個天真爛漫的笑容。

「你看外甥多可愛，過了奧運，就該到你了！」

我笑而不語。

媽媽是個思想傳統的潮州人，常常勸我早點退役，找個好歸宿，讓她可以早日抱孫。

結婚生孩子，對大部分人而言，平常不過。對我而言，卻非尋常事。為港爭光所投入的精神和時間，能媲美結婚養兒，比賽一場接一場，日子一天一天過去了，不知不覺到了而立之年，仍未有合宜對象。幸好哥哥姐姐替我分擔了成家立室的壓力，轉移了媽媽的視線。他們分別在 2013 年和 2019 年結婚，不久就生孩子了。不謀而合的是，我恰巧在那兩年取得世界冠軍，擋住媽媽趁機催婚的念頭。

我和別的女孩不同，比起千方百計找對象，我一直尋尋覓覓的，是一台與我心神合一的單車。直到今天，我依然沒有找到心儀的單車，即使跟我出征倫敦奧運的 BT EDGE，我也嫌它不夠舒適。2018 年，我終於受不了，換了一台新車。

因為夢想，
所以甘願承受。

　　BT 雖然穩重，但頭管[8]高，像我這樣矮小的運動員，難以調節到舒適的姿勢。新車 LOOK R96 勝在輕盈，靈活性高，把立[9]能多角度調節，將車把調節到合適的位置。換車後，我再不用削足就履，身體十四年來第一次不感到壓迫，大腦的細胞瘋狂起來，命令全身肌肉參與運動，我按捺不住壓抑多年的肌肉，任他們盡情揮霍體力。在我騎完一個200米的時候，肚子忽然抽搐，抗議我漠視它軟弱無力的呼救。我不以為意，輕輕安撫一下痙攣的腹直肌，就爬上車，繼續訓練。肌肉肆無忌憚地隨着身體律動──除了腹直肌，每騎完一組，就抗議一次。我想：單車和人一樣，也有磨合期。身體只是不習慣新座騎，所以鬧鬧脾氣，發泄過就沒事了。

　　一個月後，我騎 LOOK 所做的時間明顯超越騎 BT 所做的，只是腹直肌還是執拗。騎 BT 時，從沒有任何一塊肌肉被

8　頭管（Head Tube），車把後面的垂直結構。
9　把立（Stem），連接車把和頭管。

刺激得如此彆扭，連按摩師也問我：「騎車騎得腹肌抽筋，你是不是用力不當呢？」我開始懷疑自己和新車的合拍程度。對舊車的穩定性，我還依依眷戀；對新車的可能性，又抱有希望。這段磨合期是痛苦的。

我掙扎良久，最後還是漠視腹直肌的申訴，嘗試帶 LOOK 去比賽。後來，獎的確拿了不少，腹直肌受的委屈也不少。只是，為了拿世界冠軍，一點委屈又算得上甚麼？

受委屈的勇士

姐姐的孩子好不容易睡着了，我把他輕輕放回嬰兒牀，如釋重負。此時，姐姐已經累得躺在牀上，一動不動。媽媽看着孫兒自得其樂，我看着她，想像她怎樣把我們三兄妹撫養成人。自孩子誕生的一刻，父母就有永無休止的任務，完成一個階段，另一個階段馬上接軌，思想和體力沒有喘息的機會。養兒一百歲，長憂九十九，要做一個稱職的母親，是一輩子的責任，沒有任何理由推搪。媽媽就這樣勞心數十載。

「生孩子不容易，帶孩子更難呢！」

「不然你以為那麼容易，趁現在好好睡一睡吧！」

姐姐向媽媽吐苦水，媽媽為她倒來一杯水。我既替姐姐難受，也羨慕她，只好撫摸肚子上的腹肌安慰自己。

我早已知道，自己在追求跟別的女生不同的夢，我在乎的離不開八塊腹肌。

阿寶曾對我說，再強壯的腿，腰腹不夠力，彷如一個沒有好弓弦的神射手，射不出好箭。我既要鍛煉腰腹肌的力量，又要慎防受傷。受傷容易康復難，假若比賽前出了狀況，就白費了整個團隊長年累月的付出。腹肌像胎兒般逐漸成形，支撐着我的能力和意志。我乘着勇氣和毅力，越飛越遠，早已迫使自

克服無數次軟弱，
無數次恐懼，
才變得無堅不摧。

己忘掉對結婚的憧憬，把各式各樣的異狀視作平常：沒有星期
天、只有單車、長年漂泊、傷痛纏身、一個又一個並肩多年的
運動員和工作人員離隊⋯⋯

　　不知從甚麼時候開始，痛的時候不會喊痛，傷心的時候不
會嚎啕大哭，捨不得的時候不敢留戀，遇上喜歡的人的時候不
敢撒嬌？大概是拿到第一面亞運獎牌後，我無法不由一個荏弱
女子，變成各人眼中的剛強勇士。賽場如戰場，那是只容納強
者的地方。哪管內心存在各種複雜和矛盾、軟弱與恐懼，也要
以無懼的心面對眼前的挑戰，在賽場上穩定地發揮。

　　沒有人一開始就是強者。

　　一遍又一遍，我撫摸着辛勞的肚子，一直默不作聲的尾龍
骨此時發出陣陣酸痛，它沒有半點懦弱，經歷的風霜鮮為人知。
它只是一塊小小的骨頭，比起獎牌和榮譽，它算不上甚麼。回
憶起 2014 年仁川亞運前的高原訓練期，我不小心讓它在戰術訓
練時摔了一跤，骨頭裂開。即使它知道痛，知道當地醫生所說

穿上戰衣的那一刻，
我不只代表自己，
還有我的團隊和香港人，
我肩負着使命。

的「骨頭沒事」不是真的，但它還是不敢申訴，忍痛默默訓練，
因為它清楚亞運有多麼重要。它不希望成為我的負累，堅持不
退縮，將所承受的委屈化為力量，負傷作賽，直到亞運完結。
上戰場總有犧牲，這裂開的小骨頭在不正位的時候悄悄癒合，伴
我沉着應戰。為了得到冠軍，一點委屈算得上甚麼？

　　隊友似乎無法理解我的執着，為何我可以不管傷勢，奮不
顧身，衝到最前方？那支撐着我的，是龐大的民族精神，從穿
上戰衣那一刻起，我不只代表自己，還有我的團隊和香港人。
我肩負着為港爭光的使命，不知不覺跳出亞洲，穩站世界舞
台，成為首位奪得三件彩虹戰衣的亞洲女車手。

　　騎到最高峯，頓感高處不勝寒。明白我心思的，或許只有
單車。它沒有安慰人的嘴巴，只有冷冰冰的軀殼，不流露一點
情感。但它是最忠心的伴侶，默默地陪伴我度過輝煌和低潮，
體味一切苦與樂，看透我不為人道的變化，與我並肩克服變化
中的不安。在多變的環境中，它是我最安穩的依靠。

軀幹之無奈

無可避免的痛楚

腹直肌的痙攣、尾龍骨若隱若現的酸痛……對於循環不息、強強弱弱的痛楚，我習以為常，並視為平常不過的肌肉反應，該按摩時按摩，該針灸時針灸。治療和訓練一樣，都是運動員的例行公事，治療效果和訓練量就是主宰身體狀況的輪盤，而我堅守着訓練和治療之間的平衡。我想：只要壞狀態不與重要比賽撞上，再嚴重的抽筋乏力我也能忍受。

隨着閱歷日漸豐富，關於肌肉的疼痛、受傷的臨界點，我都掌握得恰到好處。惟一無力駕馭的，是經痛。任我剛毅如木蘭，遇上生理週期時，也蜷曲如小蟲。我痛得面容扭曲，心情隨着荷爾蒙變化，忽喜忽憂，成績顯然滑落。那把練得堅壯的弓弦還是會耗損，生理週期提醒我，我與一般女孩子其實無異。

女人背負生孩子的責任，痛苦背後，終歸帶着對家庭幸福的期盼。兩種可以預知卻無法估量的痛楚，使我們變得更敏感。

我看看鏡子——浮腫的手腳，脹滿的腹部，秤秤體重，重了一公斤，再算算日子，就知道生理期將至了。經痛是難纏的，要懂得有備無患，才不至養壞身體。平時要注意飲食，少吃辣、多喝暖水、注意保暖，穿長褲、穿襪子，月休前還要像姐姐臨盆前準備「走佬袋」般，把暖包、熱水壺、衛生用品準備好。

經痛得要命時，我會捶捶腰，稍稍揉揉，撫慰自己。訓練後，我也不敢請按摩師按摩，怕他力度太重，反會延長痛苦的煎熬。面對生理期的反應，我還是摸不着頭腦，不知道身體的各種酸痛是訓練，還是月事引起的。

2005年我在日本修善寺訓練，初嘗經痛的滋味。那天我毫無心理準備，騎着騎着，肚子就痛起來，我像受威脅的千足

蟲，蜷縮在毛毯上，不懂招架。旁邊的男隊友比我更不知所措，聽着我不知是叫「痛」還是「凍」，只好把毯子全都疊在我身上，把我包裹得像躲在殼裏的小龜。不知過了多久，我才感到暖和起來。2011年在北京舉行的中國冠軍賽，我完成500米計時賽後，肚子痛得不行，躲在洗手間裏上吐下瀉，差點暈倒。幸好龍大夫及時趕到，遞上温暖的糖水，我才能繼續參加比賽。2019年在日本的奧運測試賽，我深知比賽後就是月休期，因此比賽前如臨大敵，備妥抵擋經痛的全套裝備，最後我如願以償，順利勝出比賽。比賽後，我的心情稍為放下戒備，痛楚頓時來襲。我冷得全身發抖，穿上羽絨還覺得冷，按摩師方砥索性緊緊抱着我。

生理期一直為訓練和比賽帶來衝擊，那幾天的體力特別遜色，抵抗力也比平時弱，稍有不慎就會生病。有時候，教練會在我月事時減少訓練量，甚至索性讓我休息一天，好幾次我逞強訓練，結果弄巧成拙，被各式各樣的痛糾纏了兩星期。遇上大型運動會，他會建議我服食避孕丸，延遲該月的生理期，讓我能安心比賽。不過，我心中始終記掛媽媽想我成家立室的期許，不想藥物產生的副作用影響生理週期，如非必要，也不會吃藥打亂身體的節奏。

暫時只能這樣，好好照顧自己，日後才能實現媽媽對我的期望。

真正的解放

壓抑的欲望在狹小的空間動彈不安，血液如岩漿般洶湧翻騰，盼待傾盆溢出的一刻。「過了奧運，就該到你了！」睡夢中的我被充斥在體內的壓力喚醒，衝到洗手間，把不屬於一個運動員的負擔隨血液排走。每次沈教練都會說，比賽完，就可以解放。解放？人生每個階段都有不同的顧慮。現在完成了這些事，別的事接着又找上門。罷了，罷了！肉體不再受我的理智和責

**或者
當我放下所有負擔，
才有真正的解放。**

任擺佈，了無牽掛地坐在馬桶上，感受着真正的「解放」。

只有這時，我才能完全忘記訓練。

坐在廁板上，我百無聊賴地在電話屏幕掃來掃去，看着中學同學在聊天羣組裏談論孩子的趣事，望梅止渴。清晨的寒氣刺骨，眼睛倦透了，我再次鑽進被窩裏抱頭大睡。

休息日悄悄地過去了。

第二天醒來，晨光熹微，指尖沿着八塊腹肌的間縫遊來遊去，我察覺腹肌回復它的線條和韌度，焦急地跑到鏡子前，瞧瞧肚子的變化。牀鋪上懶散安逸的暖意，始終留不住蠢蠢欲動的身軀。

外甥的笑臉依然在我的腦海。

彩虹戰衣

彩虹戰衣是白色襯底,胸口處有國際單車聯盟(UCI)標誌和綠、黃、黑、紅和藍五色條紋。

啟:怎樣才有資格穿上彩虹戰衣呢?

詩:在世界錦標賽的各個比賽項目中,得到冠軍的車手就有資格穿上「彩虹戰衣」(Rainbow jersey)。這是世界冠軍的標誌。

啟:車手可以一直穿着彩虹戰衣比賽嗎?

詩:冠軍車手可以一直穿着彩虹戰衣,直至下一屆世界錦標賽為止。前世界冠軍可在單車服的領口和袖口縫上彩色色帶,日後在競逐他曾持有冠軍的賽項中使用。

啟:即是車手在奪獎的賽季中,可以隨時穿着彩虹戰衣嗎?

詩:車手只能在得到彩衣殊榮的比賽項目中穿彩虹戰衣,例如我在500米計時賽得到彩虹戰衣,在爭先賽、追逐賽、團體賽等項目都不可以穿。如果我在團體追逐賽奪冠,也只能在團體追逐賽時和一同奪標的隊員穿着彩虹戰衣,在其他個人賽事中則穿自己原本的隊服。

啟:穿彩虹戰衣會不會像打了「強心針」,提升比賽表現?

詩:有時也不一定,彩虹戰衣引人注目,若想暗中突圍而出,容易被對手發現。只是看台上的觀眾和記者更容易捕捉世界冠軍的身影而已。

啟:那不穿彩虹戰衣可以嗎?

詩:那不是「車手說了算」。按現時國際規例,世界冠軍若沒穿上彩虹戰衣比賽,會被罰款 2500 至 5000 瑞士法郎(約 21300–42600 港元)。如果不是在自己獲得錦標的賽項中穿彩虹戰衣,也會被罰啊!

軀幹之無奈

第四章

臉之勇氣

我們的犧牲練就勇氣，
還有異於常人的堅持，
因為我們失去的夠多了，
不願被缺失拖累一輩子，
要勇敢活下去！

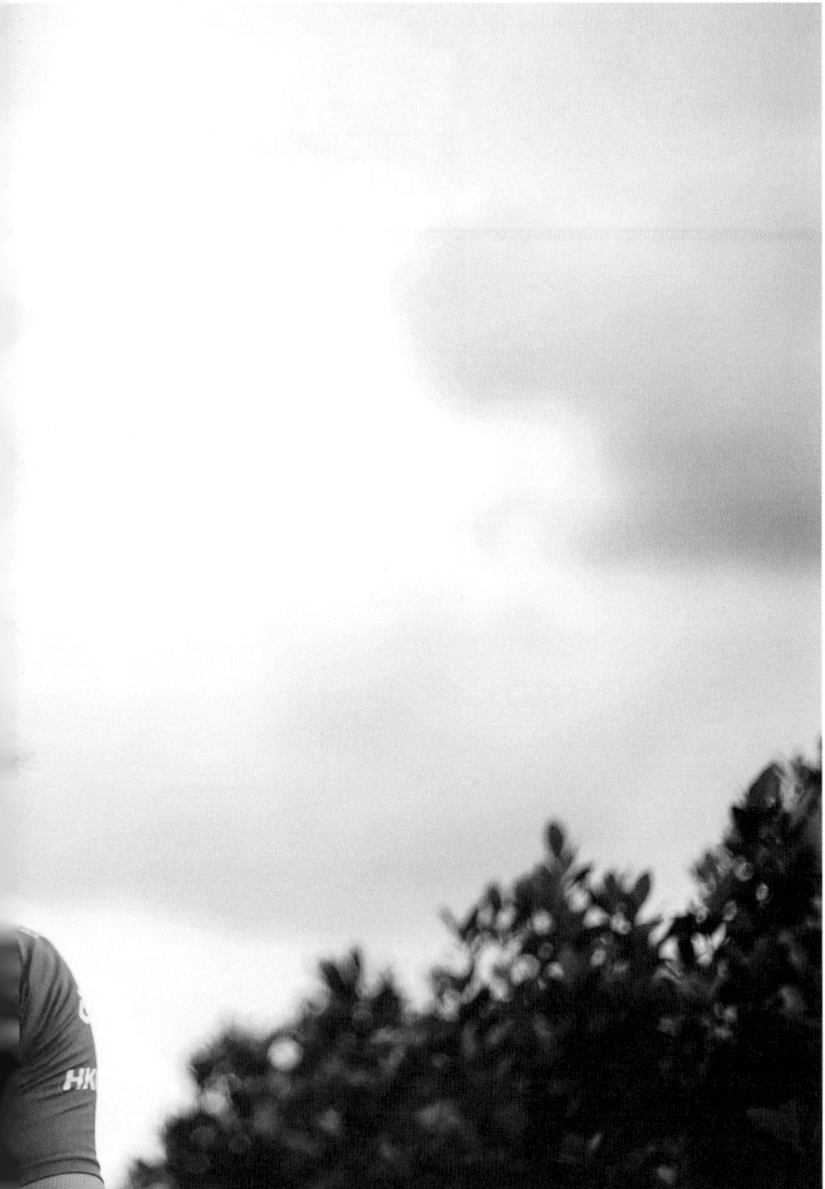

第一節 ｜ 不凋謝的青春痘

長暗瘡的煩惱

　　我跑到鏡子前審視自己
的臉，驟眼看去，肌膚還算嫩
滑，只是仔細一看，眉心和下
巴有深淺不一的暗瘡痕跡，比
皺紋還礙眼。

　　我討厭長暗瘡的人。中三
那年，宗教老師請同學説説各
自的擇偶條件，許多人寫了體
貼、溫柔、有安全感等內在條
件，只有我寫了一個奇怪的要
求：「臉上不能長暗瘡。」老師

現在想想，
長暗瘡罷了，
有甚麼可笑？

笑言：「當你結婚時，把今天所寫的條件拿出來一看，就會發現
老公和心目中的理想對象完全不符。」我極不同意老師的説法，
看一個人，第一眼看到的就是外表，外表不重要嗎？那時，我
一看到滿臉坑洞的人就會起雞皮疙瘩，比誰都更介懷未來老公
的長相。一次，媽媽吃飯時對我説：「飯吃得不乾淨，就會嫁給
『花面貓』。」從此，不管我到哪裏吃飯，碗底都不留一顆飯粒，
就是為了日後不會嫁給「花面貓」。

　　高中時代，我天天騎車，皮膚雖曬得黑黝黝的，卻從來未
長過一顆粉刺。小時候怎理解「己所不欲，勿施於人」的道理
呢？自己從未長過暗瘡，就嫌棄長暗瘡的人。偏偏鄰座的玲那
時暗瘡特別多，我便皺着眉，睥睨着她説：「你的臉怎麼又長暗
瘡呢？」她沒好氣地回答：「哼！你以後可別長一顆暗瘡，否則
我肯定嘲笑你！」當時她會考壓力大，荷爾蒙失調，長幾顆暗

身上的每道傷疤

122

瘡很平常，我卻因此毫不留情地挖苦她。明明自己也曾被人取笑，卻倒過來欺負別人，現在回想起來，實在不應該。

　　我提醒自己，不要對別人的外表指指點點，對自己卻依然苛刻——摸一摸眉心，呼，昨晚剛剛成熟的暗瘡已經凋謝，剩下淡淡的紅印，新買的韓國暗瘡貼果然奏效。唉，下巴的舊痕未退，新的暗瘡又浮現。我擠出煥膚淡斑精華液，用指尖不停地在下巴打轉，巴不得指尖變成魔術棒，多畫幾圈就能變走暗瘡印。我的手指繼續仔細巡查，尋找臉上的瑕疵，確保沒有漏網之魚。真不曉得是我天生吹毛求疵，還是長年累月被社會氛圍影響。糟糕！一顆極小的油脂粒躲藏在右邊鼻樑，那是暗瘡萌芽的先兆，若留它活命，情況便一發不可收拾。我不想當「爛面王」、「豆皮婆」，要趕快抹上一層天然祛痘粉末消炎才行。再三檢查之後，我滿意地塗上保濕面霜，完成臉部護理程序。

經歷過一樣的傷害，
便學會體諒別人；
也學會好好愛護自己。

臉之勇氣

未長暗瘡之前，我不明白為甚麼要花那麼多心思護理皮膚。從前我只用濕毛巾隨意擦拭，直至臉頰乾得受不了，才塗上面霜。但是當親身經歷，才明白護理皮膚不只是為了外表好看，還關乎自信和對自身的認同感。

風水輪流轉

第一顆暗瘡出現時，是我在昆明備戰廣州亞運的時候。昆明的夏天氣候乾燥，陽光猛烈，暗瘡趁機來襲。眉坡上不大不小的顆粒，怎樣也無法視而不見，我感到極為不安。隊友們看我第一次長暗瘡，猶如發現新大陸，揶揄一番：「你怎麼長暗瘡了？」「這顆暗瘡好大啊！」我一笑置之，專心訓練，盡量不與他們計較，免得更多不愉快的片段從記憶深處被挖掘出來。

我不在乎？怎會不在乎。但這是受傷後第一個亞運會，對我意義重大，這些小情緒只能埋藏在心底。我討厭長暗瘡，卻又不懂如何處理，特別惆悵。隊友家明知道我的心事，一聲不響地把暗瘡膏和可治暗瘡的遮瑕膏遞給我。

「特快消炎，每天塗點吧。」他說。

總是有人，像海綿，
把所有苛刻的話，
吸收、納入其中，
化為最溫柔的形狀。

身上的每道傷疤

一方面，我為這個男孩子的貼心而感動，另一方面，我自愧不如，因為我不像身邊的女孩子，懂得好好照料皮膚。

那時起，我開始學習保養自己的臉。

亞運前夕，隊伍轉移到廣州訓練，但我的臉並沒有因為回到熟悉的氣候而回復原貌，暗瘡的生長範圍蔓延至眉心和下巴。我整天左遮右掩，希望沒有人看見我臉上有增無減的暗瘡。但這樣做只是欲蓋彌彰，隊友馬上就指着我下巴最大的暗瘡，高聲恥笑我：「很礙眼啊！要不要替你擠走它？」只是開玩笑而已——我不斷自我安慰，心裏卻無法釋懷。小時候被取笑的回憶，如同剛結疤的傷痕，再碰還是痛，我難受得掉下淚來。

當時我不清楚，皮膚問題不但和臉部清潔有關，荷爾蒙分泌、生理週期、壓力也有影響，即使用再多暗瘡膏和面膜，也不會一夜變回皮光肉滑。暗瘡長了又退，退了又長，我的心情也起起伏伏。亞運將至，身體和情緒，一切都在我掌握之外。

玲，你也曾經承受這樣的煎熬嗎？

想起當時我嘲笑她的語氣和表情，現在「風水輪流轉」了。但玲心胸廣闊，沒有懷恨在心，也沒有如當初所説的譏笑我，反而擔心我是否壓力太大、會否累壞身體，她的關懷更令我慚愧萬分。

報應不爽，暗瘡乍現，隊友恥笑，是讓我改過自新的好時機。「己所不欲，勿施於人。」我看着臉上深深淺淺的暗瘡印，領悟這個人所共知的道理。

煩惱像花開花落，
永不止息，坦然面對、
理解缺憾承載的意義。

　　自此之後，暗瘡就一直伴隨着我。不過，我學會了保養我的臉，也懂得從暗瘡的位置得知身體暗藏的問題，例如長在額頭是壓力大，下巴是內分泌失調，鼻子是消化不良、臉頰是血氣不通⋯⋯這些自己不想面對，也不願被人知道的問題，都被暗瘡坦坦蕩蕩地顯露出來。

　　或許是我神經過敏，擔心大家會對我臉上的瑕疵竊竊私語。尤其比賽時，現場觀眾的目光都集中在我身上，電視機前的觀眾甚至能從多角度、把我放大了的臉看得一清二楚。或許他們會根據暗瘡的位置剖析我的身體狀況：她肯定承受很大壓力、她應該是內分泌失調等諸如此類的猜測。一想到臉上的暗瘡把自己的身體問題表露無遺，就有被羞辱之感。

　　許多女車手比賽時以濃妝示人，把臉上的不完美通通遮蓋，增加信心和氣勢。我雖然不想被人看清底蘊，但更不喜歡化妝。一方面是怕皮膚的問題惡化。化妝品妨礙排汗，比賽時大汗淋漓，脫落的化妝品和黏附着的污垢更易堵塞毛孔，如同飲鴆止渴；另一方面，我不想自欺欺人，把一層厚厚的化學物料抹在臉上，像一張面具。

因此，我堅持素顏比賽，長暗瘡的臉確實不美觀，但起碼賽場上的我是最真實的，不被外表牽絆，擺脫舊日纏繞身上的包袱，輕裝上陣。如果時光倒流，我真希望自己能更早接受不完美的自己。

直到現在，我仍然會被長暗瘡的煩惱縈繞，它們像花開花落，有時會消退，過了一段時間，又再次長出來。它們似乎已在臉上扎根，只要稍受刺激，就連帶從前承受的委屈，一併冒出來。歲月留下了深刻的瘢痕，萌芽的暗瘡喚醒暗藏於記憶裏的悲痛，新疤舊痕提醒着我，坦然面對、理解每種缺憾承載的價值和意義。

帶刺的綽號

我出生的時候，是個重磅嬰兒，大家看我長得胖墩墩的，就叫我「肥妹」。左鄰右里經常「肥妹、肥妹」那樣喊我，在未懂得介懷的年紀，我無不應答，欣然接受了這個綽號。

升上高小，我依然略為肥胖，而且因為常常做運動，身材越來越魁梧，大腿的肌理亦開始明顯。小時候，大家都很坦率，甚至有點口沒遮攔。一位坐在我後面的胖子，看我虎背熊腰，沒有深究長的是脂肪還是肌肉，就給我取名為「豬八戒」。

當時電視台正播映《西遊記》，我們家每天晚上都追看，豬八戒笨拙的形象深入民心：樣貌醜陋、走路時大搖大擺、大耳朵跟着身子晃來晃去、鼻子經常不自覺地抽搐、發出「嘻嘻」的叫聲，看他笨頭笨腦，我感覺很不是味兒。我自知不是漂亮的女孩子，常常聽見親戚們提議姐姐長大後去參加選美比賽，卻從來沒有人誇讚我的外貌。美麗與我從來沾不上半點邊兒，但說我像胖頭胖腦的豬八戒，怎樣也說不過去吧！

「野豬」板着臉，
不敢回望別人的嘲笑，
軟弱地築起防護網，
使人敬而遠之。

那時候，只要我一出現，同學們就會喊：「豬八戒來了！」然後像見鬼般逃走。嘲笑聲彌漫整整兩個學年。即使生氣、無奈、悲傷、厭惡，我都啞忍着，彷彿眼不見，耳不聽，六根就能清淨下來。

　　只是，置若罔聞並非遏止惡言的方法。有一天，我收到一封「恐嚇信」，信中寫着：「醜八怪去死吧！」又有一天，一個胖子用橡皮筋對準我的臀部發射……面對連續不斷的惡作劇，有時候，我懦弱得單單聽見他們的嘲笑聲就畏縮起來；有時候，我會勇敢地向老師告狀，為自己挽回少許尊嚴，但我始終沒有鼓起勇氣大聲告訴他們，我不喜歡豬八戒這個名字。

　　升上高中，被捉弄的陰影仍然揮之不去，使我不能釋懷。跑步是我的一技之長，可是在女校，女孩子似乎都重視臉蛋、身型，我沒有嬌俏容顏、纖纖玉腿，不禁自卑起來。

　　有一次，我代表學校參加友校接力賽，對手看見我的胖身軀、大象腿，竟然小看我們，認定我們一定會落敗。最後我們贏了，不知怎的，我歡欣的心情竟摻雜着苦澀。我知道，若非有粗壯的大腿，我可能無法跑得如此快，只是身為女孩子，被別人取笑，確實無地自容。

　　隨着我接觸的人越多，越發現社會就是充斥着是是非非，哪裏都不乏閒言閒語。剛加入青訓隊，被人嘲笑的情況再次發生在我身上。大家一看我出現，就儼如遇見妖怪，拔腿就跑，每每看見這個畫面，我都問自己，是甚麼原因使他們如此不喜歡我？腿太粗？臉太黑？身型看上去不堪入目？還是我的確如此可厭，人見人憎？我找不到答案，也不敢知道真正的答案。

　　後來，他們說我的眼神像野豬般兇狠，就「賜予」我一個新綽號：野豬。

那時在隊友之間流行的電腦遊戲「世紀帝國」裏，「野豬」是高能量值的食物來源。但「野豬」兇狠、頑強，狩獵牠不如捉拿其他動物，如鹿或山羊那樣簡單，非得集合村民一起圍攻才能制服牠。

　　每次有人喊我「野豬」，我總板着臉，不願意答理。另一個女孩子比我豁達，聽到別人喊她「叉燒」，還笑臉迎人。我努力說服自己像她一樣接受這個稱號，可是我就是放不開，我不想被這難聽的名字纏繞一輩子。

　　一天，師兄K哥問：「大家都只是開玩笑，開心點吧！你常常這樣板着臉、瞟着人，不累嗎？」我累啊！一直面對這些所謂的玩笑，我心力交瘁，那些別人憑當下感覺和片面形象而起的渾名，喜歡就接受，不喜歡就應該反抗，我偏偏不敢直言，情願築起一張防護網，擺出一副冷酷的面孔，使人敬而遠之。對我而言，從小就背負着別人強加的名字過日子，肥妹、豬八戒、象腿、野豬……一直忍受，在壓抑的陰霾下活着，很累！真的很累！

　　我無言以對，還是沒有膽量把這些心裏話說出來。直到有一天，阿寶在飯桌前問我：「野豬這個名字一點都不好聽，你喜歡嗎？」其他人面面相覷。

　　我搖搖頭說：「不喜歡也沒辦法。」

　　「不喜歡就要吭聲，以後不要再叫她野豬了，多難聽……」他的關懷給我難瘉的傷口消炎，漸漸，「野豬」這個名字就絕跡於單車隊。原來，獵殺野豬不需要一班村民，只要一句話，野豬就灰飛煙滅。

　　年少的隱憂不知不覺種在心中，像難以抹去的暗瘡印，在生命中若隱若現。那種感覺，比歲月的風霜更刻骨銘心。

欺凌

啟：你認為那時隊友的行為是欺凌嗎？

詩：怎樣才算是欺凌？

啟：如果別人持續針對你的身體特徵、個人能力等侮辱、喝罵你，甚至故意傷害你，而且對方以多欺寡或以強欺弱，你無法保護自己，就算是欺凌了。

詩：雖然我因為隊友的玩笑而不開心，但是後來我的手受傷，他們都主動照顧我、關心我。如此看來，他們是善良的，「改花名」是一時貪玩罷了。

啟：對，凡事應全面了解，再下結論。有時我們的確會受別人的話影響，特別是年輕人正在找尋自我身份 (Self-identity)，更是特別在意別人的話。如今我們不但要面對家人、朋友的意見，還有社交媒體上的討論。你作為「公眾人物」，如何看待大家對你的評價呢？

詩：記得小時候常常在網誌分享不愉快的事，我會特別留意朋友的留言，如果是鼓勵，我會很高興，但如果有人質疑我，我會十分難過。現在，我也很關注人們在社交平台上給我的留言，看到「負評」時，我會思考自己是否可以做得更好，或應該怎樣好好回覆對方。我始終相信，意見不同也可以保持溝通。有時，我還會到某些網上討論區看看大家對我的看法，說不定他們反而能看到我身邊的人看不見的問題。當然，毫無根據的侮辱對我沒太大殺傷力，一笑置之吧。

啟：曾聽過一句話：「人不是受事情所困擾，而是受到他們對這些事情的看法所困擾。」我們可以怎樣控制自己的看法，平復心情？

詩：我覺得可以問自己：別人所說的是不是事實？如果繼續被傷害，對我有甚麼影響？這些「自我反問」擴大了想法的可能性，避免只是採納別人的意見，或執着於自己對事件的解讀，而令自己不開心。另一方面，我們評價別人之前，也應該問：我們有沒有顧及別人的感受？怎樣證明這個評價是正確、公道？

啟：是的，我們應該將心比己，想想可否和身邊的人建立互信、尊重的關係。

第二節 ｜ 保護不來的下巴

衝動的代價

　　野豬時常因為亂竄亂撞而受傷和闖禍，人亦然，不管性格上或是行為上，急性子和好勝的人難免比別人多嘗點苦頭。

　　升上中四，我開始了邊騎車邊讀書的生活。從學校回體院的路程很轉折，撇開候車的時間，乘巴士、地鐵、火車的車程已近一小時。而且下課時是繁忙時間，巴士經常遲到，地鐵乘客特別多，幕門開關好幾次才能關上，服務延誤是家常便飯。耽誤了時間，就趕不及訓練了。所以，臨近放學，我就會靜悄悄地把書桌上的東西往書包裏塞，看着黑板上的時鐘，期待着傍晚的訓練課。鐘聲一響，我就像跑手聽到鳴槍聲，全速往門外跑。

　　那一天也不例外。

　　同學 Ivy 在臨別時大喊：「Sarah，訓練加油呀！」Ivy 的鼓勵暖入心坎。語言的威力在於能摧毀人的意志，也能激勵人心。打氣聲驅散了上課時的疲憊，為回體院的路程注滿力量。我爭分奪秒，由一個車站跑去另一個車站，到達火炭後，我又一溜煙跑去換衣服練習。

　　我們從體院浩浩蕩蕩出發。我不吝嗇體力，搶在車隊的最前面，享受無所遮掩的風光。在午後和煦的陽光下，我帶領着隊伍沿城門河騎行，一羣白鷺在河邊優雅地佇立，一動不動，寫意萬分；拐個彎，單車徑與馬路並列，剛好有一輛巴士經過，我竭力與它角逐第一名；再拐個彎，騎不到五分鐘，就到達訓練場地——小瀝源路歷奇單車場。看着其他學員陸續到達，我為自己最先抵達而雀躍萬分，暗暗自滿。

單車公園的路凹凸不平，且有急彎，還有竹竿和卵石等障礙物，供車手鍛煉技術。我從小就跟鄰居哥哥騎車，自以為控車能力比別人強，不把那些障礙物放在眼裏。過分自信是很容易碰釘子的，我緊跟着領航教練，越騎越忘形，忽然看見有一條跟公路車輪胎闊度差不多的水管攔在路中央。我看見教練衝過去，就不假思索跟着衝，可是我的單車輪胎太幼，而地面上的水管太硬，我沒有找對角度，被它狠狠地絆倒了。幸好我戴了頭盔，頭部沒有大礙，但沒有受到保護的下巴撞到路邊的鐵欄，立即腫起一個大包。

　　受傷了，只好打道回府。

我不吝嗇體力，
搶在車隊的最前面，
享受無所遮掩的風光。

隨着將要沉寂的天空，
我的心情也慢慢沉澱，
一切都是輕率闖的禍。

臉之勇氣

讓大家敗興而歸，我內疚極了，低着頭，躲在隊伍的最後，不願被人看見我的醜態。日落西山，白鷺歸巢，耀眼的風景換成孤單的背影，隨着將要沉寂的天空，我的心情也慢慢沉澱，都是輕率闖的禍。被汗水浸透的衣服黏着身子，風從衣縫邊鑽了進來，在我身上使勁地翻起一層又一層盪漾的波濤；來往的汽車風馳電掣，無情地牽起一陣陣刺耳又刺骨的風，吹得我背部冷颼颼。那寒風颯颯的傍晚，我彷彿被澆了多次冷水，要我看清學藝未精、年少氣傲所帶來的後果。

衝動要付出代價。我的下巴如被嵌入一顆小石頭，熱騰騰，硬邦邦。幸運的是，有媽媽在。回家後，媽媽緊張地為我抹上珍珠粉，紓緩了我身心的不適，當然也免不了嘮叨一番：「不要沾水」「不要摸它」「不要吃雞蛋、牛肉、海鮮、西蘭花、菇類、醬油⋯⋯」要是不想傷口發炎和留疤，就要依照媽媽的叮囑。果然，臉上沒有留下一點疤痕。

讓野豬勝利一次

受過教訓後，我不再貪玩，不再自以為技術精湛就罔顧安全，謹慎地騎好每一程，但未滿一年，摔傷臉的意外再次發生。

那時，我已經是全職運動員，在昆明馬場訓練起動。當我起動到一半時，鞋卡忽然脫離腳踏，正在向上提的腳撞到車把。我失控摔倒，但是未能減速，於是單車向前衝了近二十米，使臉一直摩擦旁邊的石壆。馬場空曠，我被強風吹得蒙頭轉向，不知道自己哪裏受了傷。隊友榮說我只是皮外傷，我便繼續訓練。豈料訓練後，我回房間找鏡子一看，右眼下方多了一個血眼袋，傷口不深，但看樣子比第一次的傷口更難癒合。媽媽不在，沒有珍珠粉，我只好遵照她平時的指示，洗淨傷口，徹底戒口。男隊友們都嘲諷我太緊張，只有 Jamie 明白

我，她是我隊中的「媽媽」，不時提點我，禁止我搔癢傷口。作為女孩子，不論美與醜，我們都希望臉上光滑無瑕。我只好盡我所能，不讓疤痕留下。

過了一個星期，傷口開始結痂，我的心情也慢慢平伏。適逢調整天，索洛陽教練想帶我們去昆明的名勝石林遊覽。一來我從未到過石林，二來也想出門散心，所以一大早就充滿期待。索洛陽也顯然興致勃勃，平時他喜歡在房間煮意大利麵作午餐，那天他竟來到餐廳與我們一起用膳。

他坐在我旁邊，看我把所有菜都泡進熱水裏，又不吃牛肉、海鮮和雞蛋，傻了眼，生氣地質問我：「你怎麼都不吃肉呢？」

我理直氣壯地回答：「媽媽說，有傷口不能吃發物！」

「那魚呢？」

「有醬油啊！不能吃！」否則會變成鍾無豔，我想。

索洛陽給我氣壞了，指着我的臉說：「你不吃肉，怎夠力氣做運動員呢？」全桌子的人都定睛看我如何回應。教練當然為運動員的體能着想，但是外貌，他們也在乎嗎？經驗使人進步，

教練當然為運動員的體能着想，但是外貌，他們也在乎嗎？

也使人變得倔強。野豬堅持不退讓半步！因為牠知道，媽媽保護牠，還教會牠保護自己的方法。牠相信，媽媽所做的一切，都是為了牠。

我不作反駁，靜靜地吃飯。不久，索洛陽忍不住拋出一句氣話：「要是你想好好養傷的話，今天就不要出去了！」我昂揚半天的興致頓時被捻熄了，被他這樣無理地懲罰，我深深不忿，繼續無聲抗議。為了不讓他以為這是屈服，我使勁點頭示意。有骨氣比去石林更重要，不去就不去，沒有甚麼了不起！

房間內鴉雀無聲，氣氛更顯局促，隊友們都埋首吃飯，不敢吭聲。索洛陽氣得鐵青着臉，我生着悶氣，心想：大家真的會丟下我去玩嗎？我堅持依照媽媽的吩咐去做，錯了嗎？我只是不想臉上留疤，卻破壞了大家的好心情，怎麼會這樣呢？

氣氛都給我弄垮了，落寞和委屈的淚水在眼眶裏打轉，我大口大口地吞下一碗飯，讓胃幫助消化這殘局。直至飯都被我塞進口裏，索洛陽打破沉默，再一次指着我的臉，威嚴地說：「一會兒十二點半在宿舍大堂集合，你也來吧！」

他離開餐廳後，氣氛瞬間緩和。我成為眾人的焦點，大家佩服我居然「無聲勝有聲」，斗膽反抗索洛陽。隊友模仿那張目無表情的鐵青臉：「野豬，剛才索洛陽都怕了你！你知道你的眼神有多嚇人嗎？」

我無視大家的談論，繼續當一隻緘默的野豬，嘴角為勝利掀起一絲不顯眼的笑容。或許，索洛陽不是怕我，而是看穿我的軟弱，才包容我如此不分尊卑的行為。我不過是一隻裝腔作勢的野豬，一旦遇到狀況，就擺出一副兇神惡煞的姿態，只看甚麼時候黔驢技窮而已。

事實上，即使我能抵抗一切指責，依照媽媽所有吩咐，都無法確保臉部不受傷，更無法保證受傷後不留疤。

「野豬，剛才索洛陽都怕了你！
你知道你的眼神有多嚇人嗎？」

殘酷的比賽場

時間來到2013年，這年是全運年。國內的場地單車界有一個壞風氣，就是不到全運年，車手都不會使出真功夫。全運會舉行前，共有五場積分賽，這是第一場。我想和對手全力比拼，所以格外重視這場凱林賽。

前兩場賽事，我在最後200米爆發，採用傳統進攻點，順利勝出。進入決賽，我想試試早攻後守。槍聲響起，我全力往前衝，搶到第一位。

六名運動員中，黑龍江選手穆迪是老手，她曾在世界杯奪冠，領騎的電單車一離開賽道，她就乘勢進攻，騎到我跟前。我被她超前所引起的風嚇了一跳，晃動了一下，幸好安然無恙，重新集中精神。

凱林賽的最後兩圈是關鍵，我要在一圈半左右發動攻勢，倘若其他車手比我早加速，我便可借東風之力，省去發動所消

耗的體力，冠軍就十拿九穩了。可惜我錯過了時機，看不到上海隊的鍾天使在彎道前突襲，沒有與她同步加速，我被拉開一個輪子的距離，惟有拼命追回差距。不過，當我快要追近她時，她已超越排首位的穆迪，下了黑線。本來想她為我擋風，帶我向前走，現在變相是她帶着穆迪，把我甩掉。

比賽剩下最後一圈，我陷入劣勢，在毫無遮掩的位置與風對抗，進入直道，與穆迪並排而行。我的體力所餘無幾，意志勉強支持雙腿，吩咐它們加速超越穆迪。野豬，加油呀！不要認輸！

我堅持至彎道，終於敗給離心力。鍾天使正在內彎「全速飛翔」，我處於外道，被離心力拋出去，無法加速，談何超越？鍾天使越騎越起勁，穆迪穩穩跟隨。我眼睜睜看着冠軍和亞軍跑掉，酸、漲、痛感一湧而上，壓抑多時的雙腿在埋怨，內外因素都使整個人馬上萎靡不振。比賽剩下最後半圈，腿，請繼續堅持下去！還差一點點，假如沒有人跟着穆迪的話，我們還有踏上頒獎台的希望啊！

此時，河北隊的石晶晶勇猛地趕上穆迪的後輪，我從心底感到：「沒希望了。」幻想隨即破滅，腿漸漸發軟。不只如此，一股氣流忽然從後湧上，之前還沒有發動攻勢的黑龍江運動員林俊紅，瞬間到達我的右側，和我、石晶晶並列一線。我已與風抗衡多於一圈，這樣看來，我很快就會墮後，徹底輸掉。

比賽剩下最後一個彎道，大家以高達60公里的時速作最後衝刺，穆迪貼近鍾天使，爭奪冠軍席位，我已經不可能躋身三甲，雙腿依然掙扎着，以最後的綿力，爭最好的名次。豈料，石晶晶和林俊紅都急於超越我，一個向外走，一個向內走，像鉗子般把我的路剪斷。我無路可逃，後輪與石晶晶的前輪交錯，應聲而倒……

「你先不要動。」

「頭盔慢慢脫下來。」

「鞋帶鬆一下。」

「不要緊張。」

「擔架呢？」

「先去醫院吧？」

耳邊的聲音交集，比賽完了嗎？誰贏了？穆迪？鍾天使？還是林俊紅？

每次在比賽中看見運動員摔倒被抬離現場，我都會想：他那一刻在想甚麼呢？是牽掛着沒有完成比賽，還是別的事情？

換了自己在擔架牀上，浮現在腦海中的，除了比賽，就是母親。

身體髮膚，受諸父母，每次只要騎車摔倒，媽媽都痛心地說：「不要騎了，太危險了！」一想起媽媽憂傷的眼神，我就會內疚起來。張潔用右手按着我的眉尖止血，左手緊握着我的手。傷口太痛了，手傳來的暖流刺激淚腺，我激動地哭起來。

「怎麼了？哪裏不舒服？」

比賽進行了一整天，媽媽，我好餓，身體很臭，很想回家洗個熱水澡。

救護車的聲音傳到耳邊，許多人推着擔架，喬教練邊推邊對我說：「閉着眼，休息一下，沒事的。」我想起跟他練起動時的日子，那時候，只為了一面亞運金牌拼搏。得到金牌了，始發現我踏上了一趟無休止的征途，像登山者成功征服一座高峯，便理所當然要挑戰另一座高峯。

現在，該休息一下了。

尋回遺失的勇氣

我緊閉雙目，直到他們把我移到另一張牀，驚醒了我。

我依然在暈眩狀態，瞇着眼睛，看見普教練手持點滴，管子像小蛇纏繞在沈教練的脖子上，點滴管另一端連在我的手背上，涼颼颼的。牀慢慢移動，我被送進 CT 掃描器檢查腦部，那掃描器既像甜甜圈，又像台洗衣機。

我被慢慢地送進洞裏，隱約看見沈教練脖子上的管子越纏越緊，但是他仍不察覺，我便發出無力的呻吟聲，大家以為我出了狀況，驚惶失措。看着他們誇張又怪誕的表情，我不禁得意洋洋地笑起來。普教練看見，便笑說：「能笑就證明沒有事了，我放心多了。」沈教練解開管子，開玩笑道：「看看，你的傷口好大啊！可能以後會變『大花臉』呢？」我受不了他的調侃，嘩啦嘩啦地哭了起來。熱淚流過腫得比野豬頭還大的右臉，不停刺激傷處，痛不止，淚也不止。張潔見狀，替我出頭，用手肘把沈教練推開，說：「您怎麼這樣子說？」

就算沈教練不說，我也心裏有數，右眼周圍的傷口，比手掌還大，我睜不開眼，眉尖上的傷口更像被野獸噬走一口肉。

全運在即，爭金的重任，我逃也逃不掉。可是，只要一想到疤痕將跟着我一輩子……這殘酷的現實來得太突然，我一時難以接受，覺得可怕得很。野豬的勇氣跑到哪裏去了？

野豬長大了，不能依靠母親。傷疤抹不去，時間留不住，我跌在深淵，壓力、憂鬱的情緒藏在心底，沒有對任何人訴說。我豁達不來，乾脆聽着最傷心的歌，任由難過蔓延全身。鬱結最可怕的，就是住在人的潛意識中，趁人毫無防備的時候，不知從何處鑽出來，迫使人面對和承受。

為甚麼野豬總是一次又一次陷入險境？牠們有想過後果嗎？牠們都不記得自己曾經受傷嗎？牠們如何擺脫受傷的陰

影？要是我真的是一頭野豬，就不怕痛了吧？可是，要再次面對競爭對手，我怕輸、怕摔。

四個月的備戰期過去，壓抑的心情未能宣洩，我迎來人生第二次全運會。恐懼的力量顯然不足以使人推開勝利之門，我在爭先賽失手落敗，八強止步。沈教練失望得連和我握手都不願意。

回程的路上，我重複播着悲傷的旋律，讓痛透徹心扉。我不怕痛，只怕輸。

正在開車的李教練受不了低沉的音樂，忍不住問：「像你這麼年輕的女孩，應該很活潑，怎麼老是聽這麼憂鬱、消沉的歌呢？」我被疲累和憂傷捆綁太久，已記不起那陽光般的活力是怎樣的。我不禁想念以前追巴士的幹勁。對單車的熱誠，何以演變成一個又一個艱巨的重擔？

「換首歌吧！」李教練説。

一言驚醒夢中人，我換了一首輕快的歌，讓昏沉的自己醒過來。野豬，拿出勇氣來，不要怕，往前衝！

我重新啟程，再戰凱林賽。再次踏上征途，我要展露悠然自得的笑容！

槍聲響起，我未能爭到較前的位置，便沉着地守在最後一位。前兩場賽事，我都以第一名的姿態勝出。進入決賽，大家自然把我看成眼中釘。我提醒自己，不要急，把冠軍拿下來。不要做笨豬。

電單車還在領騎，石晶晶把位置讓給隊友李雪妹。我雖怕他們聯合進攻，但因為郭爽和鍾天使都肯定不會放過他們，於是我繼續在最後穩穩跟隨，儲備能量。電單車駛離賽道，前面三個運動員為了防守右方，漏出紅線下的賽道，於是我乘虛而入，輕輕鬆鬆爬到第三位。

比賽只剩兩圈，石晶晶眼看位置給我佔了，不願在紅線抵受風阻，就先發制人，爬到最前頭，鍾天使緊隨其後，借石晶晶的力進攻。山東運動員劉莉莉不甘示弱，也緊跟鍾天使。劉莉莉用的便是我上次比賽的戰術，而我這次穩守內圈較後的位置，在傳統進攻點發動攻勢，乘着向心力，使勁地加速，緊緊壓住彎道。野豬，不，Sarah，加油，不要認輸！

　　豈料，比賽剩下一圈時，鍾天使加速力度太猛，把石晶晶撞倒了。

　　我避過危險，不顧一切，竭力衝，衝，衝，終於超越其他對手，取得第一面全運獎牌！

　　回到家，我問媽媽：「我拿了冠軍，你開心嗎？」

　　媽媽笑說：「開心！不過比完奧運會，你就不要再比賽了，太危險了！」

　　獎牌是用多少勇氣、牽掛和傷痕換來的？我會好好記着。

訓練場地

啟：Sarah，之前聽你介紹過內地的訓練場地。那麼單車隊在香港時，會到哪裏訓練呢？

詩：這視乎運動員的技術和年紀，還有訓練內容而定。青年隊通常會在小瀝源路歷奇單車場練習，或在火炭穗禾苑、沙田梅子林和新娘潭進行公路訓練，這些地方的路程較短、人車疏落，且接近體院，適合運動員訓練。

啟：那麼青年隊「練出頭」，加入成人隊後又在哪裏訓練？

詩：成人隊經常在昆明呈貢訓練，那裏有一個前身是賽馬場的訓練場地，這個一圈一公里的場地嚇怕不少車手，不過昆明屬高原地帶，海拔1900米，低氧環境最適宜練耐力，但又不至於引致嚴重的高原反應。

啟：室外場地會受天氣限制，那麼室內的場地訓練又有哪些地方可選擇？

詩：北京奧運後，內地興建了很多室內單車場。香港單車館建成前，我們多數在北京、浙江、廣州進行場地訓練。另外，我們每年都會到日本修善寺競輪學校訓練或比賽，這所學校依山  而建，共有六個單車場，既有室外賽道，也有室內外的場地單車場。海外單車手可以付費參加兩星期的訓練營，當地市民若有意投身職業競輪賽，則要入學進行為期一年、與世隔絕的修煉。

啟：你提到的單車場是指鑊形賽場嗎？為甚麼比賽場地會設計成這個形狀？

詩：你有所不知，這能幫助運動員騎出較佳的成績。高速拐彎時，運動員會被離心力拋離快速騎行道。鑊形場地向內傾斜，增加向心力，運動員可壓着黑線，保持在快速騎行道騎行。順帶一提，國際級別的場地有嚴格規定：主賽道的長度須在133至500米之間，世錦賽及奧運須用250米賽道。主賽道的闊度須在7米以上，直路斜度是10至13度，彎道斜度是40至45度。賽道上的畫線也有國際標準，藍區闊度不能少於主賽道的十分之一。從藍區外圍往外20厘米是黑線、往外85厘米是紅線、往外245厘米是藍線，每條畫線闊5厘米。

第三節 ｜ 放下面子的勇氣

相信一個人

他臨出發前叮囑我：「我不在香港的這段時間，你替我管理單車隊，有任何問題，跟我聯絡。」我輕輕點頭，乖乖跟從他的指示，像我年少的時候。

記得在青訓隊的時候，我已經期待跟他學習。第一次見面，他威嚴的形象跟我在電視機前所看到的絲毫沒有兩樣。

他，是我的教練——沈金康。

我永不會忘記，那天本是我出糗的一天。我如常到體院訓練，竟忘了帶單車服。青訓隊戴教練看我不知所措，一把拖我到辦公室，向正在工作的他問道：「沈教練，小孩忘了帶衣服，我拿一套香港隊隊服給她行不？」他二話不說就應允：「好的，沒事。」他「皇恩浩蕩」，拯救了當時狼狽不堪的我，我頓時神氣萬分。這件印有紫荊暗花的紅色隊服，是他對我的肯定，肯定我有資格成為香港代表隊的一分子。

大概是這個緣故，我立志成為全職運動員，選擇與其他同學不同的路。

會考結束後，我一直留在青訓隊，等待正式加入成人隊。早就聽師兄說過，他習慣遙距安排工作，不常在隊裏，當時我沒有一絲質疑，只期待快些進隊，青訓隊曾教練每隔一段時間就對我說：「還在等沈教練安排，再耐心等等吧！」越是等待，越期待那一天的來臨。8月28日，他終於跟我開會。

他款款地笑，瞇着眼問：「聽得懂普通話嗎？」他怕我連這句話也聽不懂，用不鹹不淡的廣東話補一句：「識唔識聽普通話？」香港的中小學本來就有普通話課，所以我輕鬆地點點頭，用普通話對他說：「會聽啊！」我當時想：語言是人與人溝

那份勇氣和膽量，
是源自對單車的熱誠，
還是對他的敬仰？
到現在，我也無從稽考。

通最重要的橋樑，要是言語不通，對話時就像隔着一面牆，説
的辛苦，聽的也累。

　　他隨即講解成人隊的生活，例如在內地比在香港的時間
多、一開始沒有收入，但是食宿、機票、雜費等會由隊伍支
付⋯⋯這些情況曾教練早已交代過，但我也專注地聆聽，並且
不住地點頭，以示我真的對投身體育、加入他帶領的隊伍充滿
熱切的冀盼。他怎會看不出我是多麼翹首以盼呢？於是，他問
我：「明天去內地可以嗎？會太匆忙嗎？」坐在旁邊的曾教練嚇
得眼珠差點滾出來，正想替我拒絕，我卻自作主張地答道：「可
以啊！」

　　連出發去哪個城市都不知曉，又沒有徵求媽媽的同意，我
就答應了。這個人與我非親非故，我卻決意相信他。第一印象
在我心中到底佔多少的分量？那份勇氣和膽量，是源自對單車
的熱誠，還是對他的敬仰？到現在，我也無從稽考。

其後，我和他之間發生許許多多的事情。我不深究，或許還過得輕鬆一點，奈何日漸懂事後，我時常為這些事煩惱不已，再也無法理解從前的瘋狂。年輕自有年輕的好，做事單憑一股幹勁，憑感覺去決定人生，那瀟灑的滋味，比對酒當歌還痛快！

我決定相信他，展開了長達十七年的師徒關係。

關係的牽絆

他行程緊密，每個月要處理不同組別的事宜，開會交代安排後就匆忙離開了。有時候，他冷不防來個突擊巡查，忽然出現在隊車，霹靂如雷地責備落後的運動員：「沒達到要求！怎麼掉隊了？」隊友們都害怕他經常神出鬼沒，我卻珍視每個看見他的機會。當時，我與他接觸的機會少之又少，但每當他來監督訓練，我都會特別起勁，吩咐手腳瘋狂地動起來。下道時，若看見他舉着拇指，咧嘴大笑，就有種比得到獎牌更大的成功感。

對我而言，他的一舉一動、一言一語都舉足輕重。剛剛投身單車運動，我的比賽成績一塌糊塗，總是墊底。他沒有責怪我，反而走到我面前，親切地和我握着手，說：「很好！很好！」那種把對方的手穩穩握着的力度，還有手心傳來的微溫，讓我感受到他對教學的熱誠。

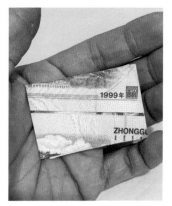

往後幾場比賽，我的成績都很糟糕，他依然不厭其煩地勉勵我：「怎麼樣？累嗎？這次比上次進步了，如下次能騎進13秒，

我獎勵你50元！怎麼樣？」次場比賽，我做出12秒722的成績，獲頒贈50元人民幣。我把這50元的心意摺成小信封，並在一張紙條上寫上「12"722」，夾在裏面。

從那天起，我認定他是位好教練，願意遵從他的指示。

誰都知道，他是魔鬼教練，訓練以量為主，要完成他的計劃絕不容易。有些運動員很快就打退堂鼓，有些嫌他太刻薄，受不住，退役了。不僅如此，那時他管理隊伍十分嚴苛，運動員甚少申請病假或事假。若只是受了普通外傷，都會繼續訓練；若非家人有紅白二事需要請假，都不會離隊。當時，我一一依照他的安排和指令。

記得在2009年，我初次參加世界錦標賽，目標是在500米計時賽擠進世界前八名。臨出發前一星期，我患上上呼吸道感染。大隊起程了，我還在急症室打點滴，心想：如果高燒持續不退，就無法訓練，更莫說比賽。難得有機會參與世界最高水平的賽事，現在甚麼都泡湯了！病房彌漫着無望和難過的氣息。沒想到，他臨行前來到醫院，握着我的手說：「我留一名運動員晚走一天等你，如果你明天退燒了，就讓你去比賽吧！」第二天，高燒離奇消退，我如願以償，參加比賽。當然，因為沒有訓練，成績未如理想，23名運動員當中，我排第19名，覺得自己丟了香港隊的面子。

他沒責怪我，我忍不住問：「為甚麼還讓我來？」他慈祥地笑說：「因為你是李慧詩，其他人不讓他作賽沒關係，不讓你比賽，你會難受得要死。」直至現在，我還不時暗忖：如果沒有參加第一次世錦賽，後來我會成為世界冠軍嗎？如果沒有他，我會像今天一樣勇猛嗎？

世界錦標賽結束後，我鮮有地請假回家。因為我想在牛頭角下邨拆卸重建前，回去跟它作別。但是，他堅決不肯讓我

離隊:「不行!如果我批准你回去,你可能放下牽掛,但也可能控制不住留戀之情,影響你在亞洲錦標賽的發揮,不允許回去!」我聽了他的話,沒有回去。

或許是犧牲和狠心的回報,兩個月後,我得到成年後第一面亞洲錦標賽的獎牌。

不過,我依然無法釋懷。直至現在,一想到自己沒有及時悼念陪伴我成長的舊居,心中便隱隱作痛。我瞬間明白了。在他眼中,我作為運動員,最重要的是比賽,心中想的只可以是成績,不可以有別的。

對的,我領悟了。如果情感可以計算,我和他之間的距離發生了0至1的轉變。

漸漸地,那一條曾經緊緊連繫着我們的繩子,變成一條亦遠亦近的分隔線。一堵牆在我們之間築起,還不斷加厚。原來即使言語相通,隔膜還是會存在。

看不見的傷痕

我和他不是一凹一凸,不是完美的組合,合作時時有火花,常常起衝突。

我喜歡聽他説故事、講道理。那時候每逢開會,我總會爭着坐在最前面,比上學聽課更專心地凝視他。我還捧着筆記本,像個祕書一樣密密記錄,生怕聽漏半句重要的叮嚀。隊友們曾揶揄我開會時不停點頭,辮子甩來甩去,像小狗的尾巴在搖晃。他們不知道,我曾經誇張得徹夜思考他開會時説的內容,或者因為他的訓示而格外起勁地訓練。

然而,身邊同時傳來他那些難聽和帶侮辱的訓話:「你這樣子怎當一名運動員?」「再這樣就開除你!」……他對誰人都不客氣。

眼見一個一個伙伴離開，
我捨不得，卻無能為力。

不單對運動員，他對工作人員也是如此。眼見一個一個對
我有恩的伙伴因為受不住工作壓力而離開，我捨不得，卻無能
為力。

「累啊！我是來工作，不是來給他罵的。」「我要回家了，你
要好好照顧自己。」想起他們臨別時說的話，我總內疚不已，怪
自己沒有為他們發聲。

他們的委屈，我都懂。我跟他吵過無數次了。

2012年，我們在兩個星期內分別參加亞洲錦標賽和世界
盃，他異常緊張，慎重地開了幾次會，原本答應亞洲錦標賽後
帶我去雙子塔參觀，也食言了。我十分失落，猜想他是否對我
的成績不滿意，所以沒有履行承諾。晚上，我和幾個隊友外出
吃飯散心。回來後，他卻召開會議，指責我們擅自外出。

平時他開罵，大家都情願「忍一時，風平浪靜」。那晚，人
人都像撞邪般，控制不住自己的怒氣，說話都帶着刺。他先發
制人：「第二天就要去機場，跑出去玩，玩得很開心？」另一位
運動員反問：「這裏只有你開心吧？」他氣呼呼地說：「不想去
奧運就別去！取消明天的機票！」

「那我不去了，我不騎了！」我輕輕地吐出一句話，儼如在烈火上吹了一陣風，燎原之火摧毀了長久建立的關係。共通的言語令我們互相了解，卻也傷透彼此的心。吵架的時候，語言就變成利器，狠狠地在對方的臉上千刀萬剮。不像皮膚上的傷疤這樣顯而易見，這些傷口卻比皮膚上的傷痕更難受。他指罵我：「你說甚麼？都過了頭！我就是錯看你，李慧詩！」跟情侶吵架一樣，師徒間也有不能說的話。運動員不應說晦氣話，教練也不可否定運動員。

我滿肚子委屈，只懂哭，就像從前他冤枉我一樣。

2007年受傷康復後，我一心當好一名運動員，除了回家和到教會，幾乎都留守體院。有一天，我不小心把體院出入證遺留在家，便問舍監借一張沒記名的臨時證用了一段時間。後來，我到北京集訓，竟收到隊友的「告密」訊息：「沈教練開會時批評你在香港訓練沒有留宿，十分放肆。(笑)」

他沒有問我來龍去脈，就把我的事詔告眾人。一想到他如此不信任我，就倍感鬱悒，飯也吃不下。夏教練不忍，打電話給他，他才氣沖沖地說：「冤枉了你，你說就行了，用不着不吃飯、不訓練吧？教練錯了，行了嗎？」眼淚止了，心還是痛。

到了2010年亞運，我一心想爭金牌，便先找他核對暖身方案再午睡，這樣會安心一點。可是他一看到我，就厲聲質問：「為甚麼不睡覺？我問你話為甚麼不回答？這樣比賽不會好的！」我又為他曲解我，哭了一個下午。

如此種種，我沒有一次反駁他。只有這次，當我聽到：「我就是錯看你，李慧詩！」我改變了。我無法原諒自己，也無法原諒他，為他的狠心、我的不是，淚流不止。耶穌說：「原諒人七十個七次。」我沒那麼寬宏大量。

關係是雙方共同建立的，
決裂了要修補，
其中一方不能無動於衷。

　　翌日，隊友們看到我紅腫的雙眼，勸我看開點。我的心揪着，還想不如退役，逃離一切。誰知到達機場後，他竟若無其事，笑語盈盈地問：「你們要吃早餐？去吧！我付費。李慧詩，要吃早飯嗎？」隊友都好言相勸：「他想和好，你不要悶悶不樂了，算了吧！」關係是雙方共同建立，決裂了要修補，雙方都不能無動於衷。只要有一方心硬着，即使另一方費盡心思講和，也是徒然。我不願意跟他交流。聽說，阿寶在比賽前也會跟他吵得面紅耳赤，之後都能若無其事，和好如初。他已給了下台階，為何我還是看不開？是覆水難收，還是面子作怪？

修補默認的關係

　　世事難料，我在極低落的情緒下，竟發揮出超水準，連奪爭先賽和凱林賽的獎牌。我終於心軟，與他和好。或許，惟一可以令我和他連繫起來的，就是獎牌。獎牌的榮光蓋過了吵架的陰霾，整個隊伍的心情由悲轉喜。

退役一事不了了之，我們以爭奪奧運獎牌為共同目標。為了專注比賽，我關掉電話。我怕和他直接對話會擦槍走火，便提出以寫紙條的方式溝通，他也爽快答應。

我和他都是愛面子的人，但是那一刻，我們放下了舌劍唇槍，放下了尊嚴，無懼地相信對方。即使彼此間沒有說話，我也切切實實地感受到團體的力量。工作人員都各司其職，他戴上耳機，用力壓抑激昂的心情。每場比賽後，我一收到他的紙條，心裏就有譜。一切按計劃進行，可謂天衣無縫。我靠着團隊的力量，迎來第一面奧運獎牌。各人激動地舉臂狂呼，我和他難得地相擁。這個獎牌，把所有恩恩怨怨，一筆勾銷。

他說：「輸了一場小比賽，運動員會覺得沒有面子，但如果因此而反思，

相處時所花的力氣，
都是真實的。
即使是吵架，
也能令感情變得有重量。

身上的每道傷疤

發現到自己的問題，可能會是一個更大的進步，迎來大比賽的勝利。」我點頭稱是。每次和他較勁，都是一場又一場的硬仗，我不低頭，他也是。

這個人半輩子都被亞運和奧運支配人生，或者，我不應該怪他。因為他的夢想，其實也是我們每一個體育工作者所追求的最大理想。為了這共同的夢想，彼此之間再多的摩擦都不能凌駕在其之上，想法不同未必是個問題。

當日那個仰望他的孩子長高了，不只看到他的威嚴，他那不近人情的樣子，還睹見他的褲子或衣服破了幾個洞，體會到他的辛酸。他意外失掉了腿，我手腕失去了活動能力，我們的犧牲練就勇氣，還有異於常人的堅持，因為我們失去的夠多了，不願被缺失拖累一輩子，要勇敢活下去！

師徒關係本來就只靠雙方默認，沒有血濃於水，也沒有山盟海誓。就如當初他為了阿寶毅然來到香港執教。阿寶對他說：「您教多久，我就騎多久。」

師徒關係就此奠定。

幾年前，阿寶離開單車隊，沒當上教練，師徒關係告一段落。但是他依然愛向隊員憶述他和阿寶的故事，一說至少花上一小時，從阿寶在屋邨與朋友騎車玩玩，到成為全職運動員，再被封為「亞洲車神」，一個又一個振奮人心的壯舉，對新隊員而言，都是美麗而不可觸及的傳說。

我聽得津津樂道，因為我知道相處時所花的力氣，都是真實的。即使是吵架，也能令感情變得有重量。

有一天，他問：「為甚麼那些人做事那麼馬虎呢？弄得我頭都暈了。」

「我想，他們不像我們那麼熱愛單車吧！」我回答。

我相信我們都愛單車。

為了我們共同的理想，我答應當後進隊友的教練助理，替他分擔背了多年的擔子。這種千絲萬縷、難捨難離的關係，換了一個世代，還聽得進去嗎？

傳奇拍檔

啟：年輕的讀者可能不熟悉沈金康教練和黃金寶（阿寶），不如你介紹一下這兩位香港體壇的重要人物吧！

詩：就算大家不知道阿寶的經歷，也略聽過「亞洲車神」這個稱號吧？阿寶在1990年加入港隊，天賦優厚，短短一年已奪得亞洲青少年單車錦標賽金牌，是首位在這個比賽中獲獎的香港單車手。1992年，他隨港隊備戰巴塞隆拿奧運，可是當年被隊友打鬥事件所牽連，被香港奧委會取消比賽資格，使阿寶一度暫停訓練。

啟：為甚麼他後來又重返單車隊呢？

詩：阿寶離隊兩年後，單車聯會通知他，沈教練願意來港執教，阿寶便答應重返單車隊。結果他只是復操半年，就贏得亞運第四名，更開始獲得體院資助。沈教練的嚴格指導，加上阿寶全力奮鬥，不斷追求突破，每天訓練六至八個小時。四年後，阿寶在曼谷亞運首奪金牌，之後更勢如破竹，分別在2006年及2010年再次奪得亞運金牌，「亞洲車神」的稱號由此而起。1997年，港隊首次參加全國運動會，阿寶在男子個人公路賽奪得金牌，在中國一夜成名。2007年，他在場地單車世界錦標賽突圍而出，成功奪冠，成為第一位奪得彩虹戰衣的香港單車手。阿寶的成功無疑帶動香港體壇的發展。

啟：黃金寶和沈教練並肩作戰廿載，已是不可分割的兩個名字，你認為他們之間有甚麼共通點，使他們成為香港單車隊的傳奇？

詩：當然是因為二人對單車運動的熱情，他倆都有一往無前的決心，從不懈怠。沈教練初來港隊時，資源、人才都欠奉，他自己找來隊車、訓練設備、支援人員等，又精心設計訓練計劃，要求運動員全職訓練，培養團體精神，令港隊實力大增。阿寶跟沈教練都是實幹派，沈教練來港執教時，阿寶二十一歲，已經過了訓練的黃金年齡，但是依然願意成為全職運動員，嚴格遵從沈教練的計劃，每天騎100公里以上，風雨不改。他沒有因為贏得一次亞運金牌而滿足，而是不斷力求突破，二十年的全職生涯共奪得三次亞運金牌。他在三十四歲時更成為世界冠軍，以行動和能力證明「運動無極限」。

啟：他們二人除了是體壇的重要人物，對你也影響甚大。沈教練自然不在話下，我知道你常常和黃金寶聊天，他是不是向你傳授了很多奪金祕訣呢？

詩：阿寶很有耐性，每當我有問題請教他時，他都會不厭其煩地解答。我初出茅廬時，他已是長勝將軍，但他從不擺架子，更經常鼓勵隊員。即使在我骨頭斷了，心情非常低落的時候，他也主動鼓勵我。阿寶的鼓勵通常十分簡潔：「加油呀，Sarah！」「努力，多練習。」我認為這就好像他的為人，踏實認真、毫不矯飾。此外，他訓練時很少說話，我認為這種勤奮、寡言的性格是運動員值得學習的。

後來，我慢慢取得一點成績，算是冒出頭了，壓力與日俱增，就請教他該怎樣自處，已經談了無數次，多得我也忘了。令我最深刻的是，他說要放下獎牌的包袱，比賽時讓自己輕裝上陣。不論成績多麼輝煌，也不要被過往的成就捆綁，每場比賽都是一個新開始。這番話，我一直銘記於心。

啟：如今，你也成為了單車隊的領軍人物。你抱持着怎樣的心態比賽呢？

詩：我認為不一定是單車運動，無論哪個行業，「傳承」和「與時並進」都是十分重要的。我們的法國教練 Hervé 常常說：「沒有進步，就是退步。」（"If you're not progressing, you're regressing."）無論我在任何崗位，也提醒自己「不要停步」，即使當了運動員十多年，騎車技巧或許比別人高，但是我還有許多學習空間，例如營養學、心理學、生物力學……這些知識不一定從書本中得知，許多時候是身邊的工作人員教會我的。

啟：那麼，你對現役的單車運動員，還有有志成為運動員的年輕人，有甚麼寄語呢？

詩：享受每一刻——無論過程多麼辛苦，得到甚麼或失去甚麼，都是人生的經歷。還有，大家絕對可以選擇自己想走的路。

臉之勇氣

第五章

心之恐懼

我情願獨自一人，

繼續摸黑穿過這條隧道，

那麼在別人心中留下的遺憾，

還有我心中的愧疚，

就不會那麼深。

第一節 ｜ 走鋼絲的人生

鐵打的營盤，流水的兵

　　2013年，阿寶退役了，離別是人生無可避免的事，再不願分離，也得面對。沈教練跟從前一樣忙得不可開交，他不在的時候，我難免會感到不安。即使他在，我亦無法安心下來。他經常在場地上與同事開會，或與長距離組進行電話會議，或是不停查找資料，眼睛總是離不開電腦。我不在其位，因此無法理解他的忙碌，也不曉得他有多少事情需要處理。我經常一邊訓練，一邊胡思亂想：「對教練來說，指導運動員訓練不是最重要的嗎？怎能分心做其他事呢？」

　　「他到底在忙甚麼？」每次在腦海中浮現這些疑問，我都輾轉反側，卻不敢直接問他，只在納悶的時候，向普教練發發牢騷。

所謂「鐵打的營盤，流水的兵」，多年來，單車隊的工作人員和運動員總是來去匆匆，都待得不長。自夏教練回黑龍江隊後，單車部就聘請了普教練。普教練很會照顧人，知道我愛依賴人，需要人陪伴，每當我說要去超市買東西時，他總會說：「走走走！我陪你去吧！」我漸漸習慣和他形影相依，他亦成了我和沈教練之間的潤滑油，緩和我倆的情緒。

　　每次普教練聽完我的申訴，都會說：「他肯定有事要忙。」真的是這樣嗎？我雖存疑，但聽了普教練的勸說，還是嘗試換位思考。隊伍日漸龐大，從前隊中的運動員不足10人，現在全隊已有50人，多得有時連名字都記不清。要管理好整個隊伍，絕非易事。我該相信他的，他肯定是因為我們隊的事，忙得分身不暇，才聘請其他教練來分擔他的工作，我該體諒他。

　　我嘗試相信這段若即若離的關係；相信不論實際距離多遠，彼此的默契依舊存在；相信我不是自欺欺人。我給了許多理由說服自己體諒他，甚至當其他運動員找我訴苦時，我也替他辯解。

　　「我覺得他沒有顧及我的感受。」——他苛刻是為了使我們變得更強。

　　「我不知道他的計劃。」——教練心裏有數，只是暫時不讓我們知道。

　　「你知道我們無法改變他，說甚麼也沒有用。」——沒試過，怎知道？

　　隊友說話時的語氣激動得很，像被逼瘋了一樣，我卻裝作一切如常，樂觀地勸導他們。面對隊友，我想：他們尚年輕，要積極練下去，不應該為誰放棄追夢。但面對自己時，我卻像人格分裂般，在相信他與質疑他的思緒中痛苦地徘徊。一直以來，我願意相信他，過着軍訓式的生活，犧牲所有私人時間。

到底從甚麼時候開始，我感覺他不再如往昔般重視我？我責怪他沒有遵守我們的約定……不，我應該怪自己，一廂情願地堅信師徒關係是不變的。

　　我和他共處的時間比以前更少，也許正因如此，我更害怕與他接觸。我怕見面的時候，誤會有增無減，自己會越來越不信任他。我時常生着悶氣，不吭一聲。即使他只是一句普通問候：「怎麼樣？累嗎？」我也覺得是寒暄、是應酬，思想不其然作出防備。我要麼冷漠地答話，要麼口是心非，甚至裝作聽不見，轉身離開。

　　當我一轉身，過去的情誼與眼前的情境再次拔河，腦袋泛起「一日為師，終生為父」這根深蒂固的觀念，心裏便怪自己行為上的不敬。他帶領阿寶創造歷史，香港單車隊才有如此輝煌的成就，我才能登上世界舞台，現在我這樣對他是不對的。

夢想不是為了誰，
只為自己。
不應為誰放棄追夢，
對嗎？

可是我怎樣也無法像以往一樣全心全意相信他……自倫敦奧運後，周遭充斥着流言蜚語，有的說阿寶退役後他便功成身退，也有的說他將要退休……假如謠言不攻自破，我就不必天天糾結於此，可惜謠言只會越描越黑。他彷彿不知道大家的疑慮，由始至終，不作任何澄清，這樣我們怎可能明白他的想法呢？或許他其實一直在背後付出而不宣之於口？他不解開誤會，是不想我們太依賴他、不願我們太嬌氣嗎？還是我該面對現實，接受他的心思早已不在我們身上？

我想不通。備戰里約奧運時，他開始把郭爽、鍾天使等選手掛在嘴邊，要我向她們學習。我想不通，他是不是不想跟我再拼奧運呢？他每說一次她們有多厲害，我就心碎一次。我常想：他會否也像其他教練和工作人員一樣離開我們？要是這樣，我只得無奈接受，還能奢盼留住他嗎？

為奧運而戰的崇高理想不再是我倆關係的免死金牌，混亂的思緒逼迫着我，我喘不過氣來，想逃離這裏，逃到沒有煩惱的地方。

逃避現實的一天

　　我在街上遊蕩，想着沒意義的事，這時候的我本該想着奧運。大家都視我為獎牌希望，把注意力集中在我身上，奧運才是最重要的事，但我找不到堅持下去的支點。我只想回家、回教會、回體院、和朋友閒聊、到山頂看星星、看日出……都是空想罷了，里約奧運結束前，我只可全心全意訓練。

　　雲散落天空，神沒有打算整頓。是祂容許天空黯淡無光，雲胡亂堆疊，亂攤子在地上到處延伸嗎？祂在哪裏？為甚麼丟下這一切不管呢？

　　我不理解祂的安排，但是作為基督徒，我服從祂，因為惟有祂是至高無上的神。作為運動員，教練是至高無上的人，我也應該絕對服從他。可是，我已經有心無力。

　　想得好累，走得更累。我隨意走進一間咖啡店，坐下來，看看書、寫寫日記，奢侈地消磨一整天，裝作自己與奧運毫不相干。

　　細雨綿綿，黃昏伴隨雨點降臨大地，天上的雲害怕黑夜，開始彼此靠攏，雲靠得越緊，雨下得越密集。

　　我想起普教練，不自覺致電給他，話筒傳來：「喂！你在哪？我在你後面，還看不見，舉起手來，別放下，我過來了……」這是他特設的惡作劇電話接駁鈴聲，我聽了三年，依然給他騙了。轉過頭，普教練的身影並未出現，淚珠凝在眼眶，模糊了眼前的景物。

　　窗外的雨似乎不想停下來，也許是天空想減輕背負着的包袱，以這場雨釋放多年來積累的鬱悶。而我，此刻也終於把沉重的心情傾瀉下來。雨一直下，像一層大薄紗，為我阻擋了外面的世界。我情願雨無止境地下，那麼我便可以安心地在咖啡店裏，避一輩子的雨。

但願雨一直下，一直下，
讓我隱沒於迷濛之中；
隔絕在喧囂之外。

想得美。

我像瘋子般笑了起來，嘲笑自己痴人說夢話，將無謂的遐想當成事實。為甚麼追夢的人不能有疲乏的時候？哪管幻想是離題萬丈、天方夜譚，只要能從中獲取一些快樂、一丁點喘息的空間就好。沈教練前陣子不是也一樣嗎？他忽然一反常態，歡快地談起奧運後要放大假。大家都圍在桌前，聽他言之鑿鑿地說：「奧運後，我要放假到十二月！」為免他反口，我要他對着錄音機再說一遍。

「大家聽好啊！今天……沈教練在 2015 年，10 月的……今天幾號……4 號 14 點 48 分在香港單車館鄭重聲明，16 年奧運會結束之後，李慧詩放假到 2016 年的 12 月 31 日 24 點，沈教練放假到 2017 年 1 月 31 日的 24 點，大家都放假，我說話算話，李慧詩你不要反悔。」

誰都知道那是假的，我們哪有機會放一次長假期？但我們都嘻嘻哈哈的笑起來……

我不該再騙自己了。天已黑，休息天已結束，白日夢該做完了，李慧詩，奢想夠了，回到現實吧！

剛好，普教練此時回電：「你在哪？我來接你。」

「普教練，您快來吧！雨好大，我走不了……」

坐上普教練的車，我重回我選擇的路上。

第一次抉擇──追夢

我第一次認真思考該不該當全職運動員，是在會考前的聖誕節。

那時候，我已正式加入青訓隊，青年教練敏姐找我談了好幾次，半逼半哄地說：「單車隊花了時間和資源在你身上，是為了培養你成為全職運動員……亞洲全職女孩少，只要你全職訓練一段時間，很大機會在亞洲錦標賽奪獎的……」軟硬兼施的策略對我顯然很管用，我把她的話記在心中。

訓練不但佔據了我的課餘時間，還有上課的時間。我頻頻請假外出比賽，錯過了不少課節。很多時候，我追不上進度，測驗時看着問題不懂得下筆。若然會考是一場比賽，我早被同學遠遠拋離了。

回到教室，老師說着一些我似懂非懂的內容，我看着她的嘴唇開開合合，無法集中。我眺望窗外，思考我的人生。

我頃刻發現，
我正迎接一個與別不同的人生。

　　人生像數學題，太多未知數——繼續升學還是當運動員？誰能替我找到正確的路？我抬頭望天，看見一片巨大的雲，雲像個大問號，是不是我心中的疑問呼喚了它？天空一片蔚藍，萬里晴空就只有這片「問號雲」，當我正想告訴旁邊的同學這個奇景，「問號雲」頓時隨風飄散。

　　另一名青年教練曾教練怕我失了退路，苦口婆心地勸我在會考前的進修假停練，乖乖溫習。於是，我盡了最大努力備試。為了爭取時間，我一天到晚把自己關在自修室，以麵包為糧，拼命追趕學習進度。一個月的時間不足以應付耽擱多時的學業，我只好將課文死記硬背，儼如乾嚥法國麵包。臨渴掘井的後果就是腦袋跟腸胃一同受罪——都吃不消。

　　好不容易捱過了會考，讀書的任務暫告一段落。試後，我屈指一算，估計成績應該夠資格在原校升讀中六，但我已經不想讀下去了。那時候一想到要營營役役地為考試而讀書，就覺得青春失去該有的意義。方程式的運算方法也不止一種，更何況是人生的道路？不跟着標準步驟，並不代表找不到最後答案！

自那天起，我開始有當全職運動員的打算。

等待放榜期間，機械師忠哥哥由衷地對我說：「Sarah，我給你一個建議，你可以考慮一下。」他伸出兩隻手指，說：「試兩年！如果這兩年你達到亞洲水平，證明你選對了。若真不行，你讀書不差，再重讀也為時未晚。」

選擇一條與眾不同的路，離開舒適圈，像走上懸掛在高空的鋼絲上，鋼絲又幼又長，沿途險阻重重，福禍難料。第一次站在這樣的分岔路口前，我不敢跟誰商議，怕反對聲太大，令我打消追夢的念頭。直到放榜前夕，我終於下定決心，戰戰兢兢地告訴姐姐這個決定。

放榜當天，姐姐陪我回學校取成績表，我沒有準備學費，她怕我後悔，沿途一直問：「你想的話……現在回家拿學費還來得及。」我堅決地拒絕她的好意，顯得毫不在乎，拿成績表後還跟兩位同學結伴去唱卡啦 OK。

其中一位同學未獲得學位，正等待學校通知，所以我們都不敢忘形地唱，生怕歌聲或音樂聲太嘈吵，會蓋過電話的鈴聲。電話如願以償地響了起來，收到取錄通知的同學既焦急又歡喜，另一位已有學位的同學恐防她急中生亂，就陪她回學校了。她們臨離開時，問了我最後一遍：「你要不要也回去報讀中六？現在還來得及。」

我低聲道：「我留在這裏就好了。」

她們離開後，忐忑不安的情緒就如潮水般襲來。

我想有人陪伴。即使滿心期待當一名運動員，我也怕面對那未知的前路，怕不適應全職生活，怕別人看不起，怕與朋友分道揚鑣……我心旌搖搖，方寸大亂。回到家，又不敢在家人面前哭訴，便躲在洗手間裏，偷偷打電話給前輩羅白。他直截了當地問：「你已經決定了，為何要哭呢？後悔了嗎？」

沒有，我不後悔。只是初次為自己的人生作這麼重大的決定，我怕得很，怕要承擔更大的風險和責任。

我放肆地哭了一整晚，讓淚水洗滌紊亂的心緒。終於，淚不再流了，只見牆上的小鏡子中裝着哭腫了眼的自己。

我對鏡中的女孩說：「哭夠了，明天起，開始追尋屬於你的人生吧！」

第二次抉擇──初心

2017年7月底，我終於明白沈教練老是忙着的原因。我從新聞中得知他義務兼任中國自行車運動協會主席，那麼他投放在港隊的時間不就更少嗎？但反覆想想，我曾跟隨上海隊訓練，我們也經常和國家隊作賽交流。兩隊的關係密不可分。但在賽場上，我們仍然是競爭對手，無論何時，界線依然存在。

一星期後，他回到香港，親口告知我這個消息，一切塵埃落定，我再不情願也改變不了，也不必再找理由說服自己諒解他。而且，當初是國家委任他來香港執教的，阿寶退役了，他的任務已經完成，我憑甚麼要求他只屬於香港隊呢？我淡然回應一下，他再三強調，他的崗位是協助香港單車隊與中國自行車運動協會合作，共同籌組一個高規格運作的單車運動精英培訓系統，以備戰未來各項的大型賽事及2020年東京奧運。這本是安撫人心的話，卻使我心灰意冷。

我以為他只把這些事看成「事件」，但是原來他不明白我有多擔憂這個雙重身分所造成的矛盾，亦不明白我有多在乎這段關係，更不明白我為何會心痛。

那刻我很想有普教練像從前一樣開導我，只是他已不在了。於是我寫下退役信，向單車隊作別。臨別的時候，我像父母騙小孩般，跟短組的運動員說：「我會放一個長假期，大家要好好照顧自己。」我始終不希望有甚麼會妨礙他們追夢。

訓練告一段落，我選擇回到校園。我報讀大學，還給自己一個悠長假期。沒有比賽纏身，不用做運動，有空去見見家人和朋友，無事就上網打發時間⋯⋯當運動員時，我不曾如此揮霍時間，趁正式開學前，我要及時行樂！

我原以為，走過驚險的鋼絲，展開人生的新一頁，沒有甚麼可怕的，身體看來也很快適應了生活上的轉變。開學首兩個星期，即使我天天熬夜，依然精神飽滿。一個月後，我才察覺那是假象，身體沒有我想像般頑強，雙腿開始走路不穩，臀部肌肉漸漸萎縮，睡不夠會頭暈。我怕身體狀態每況愈下，不敢再放肆熬夜。第二個月，我重拾「訓練」，規定自己每星期至少做三次運動。沒有教練，沒有比賽，我重新陶醉在做運動的快樂中，寫意地揮灑汗水，樂此不疲。我想起普教練說的話：「你要為自己而努力，不要為任何人而活。」我終於領悟他的遺訓，體育就是我的世界。

過了三個月，電話響起，單車隊找我回隊。我接了電話，帶着排除萬難的心，向東京奧運邁進。

全職運動員

啟：當「全職運動員」有哪些訓練要求？「全職」和「非全職」有何分別？

詩：「全職運動員」以精英培訓及比賽為首要目標。他們在教練安排下，每週訓練不少於 5 天，總時數 25 小時以上。「非全職運動員」每週訓練不少於 4 天，總時數 15 小時以上。如運動員要兼職工作或修讀每週不多於 10 小時的兼讀制課程，須獲得其總教練或所屬體育總會核准。

啟：運動員沒法全職工作，如何維持生計？

詩：運動員按照訓練時數、技術級別、是否參與奧運項目而獲發資助。現時的「精英訓練資助評核準則」中，最高級別是奧運項目的「精英甲＋級」全職運動員，每月可獲得約 41,000 港元。我們再看看以下例子：

運動員 A
- 全職運動員
- 精英甲級
- 單車（奧運項目）

每月資助
約 33,000 港元

運動員 B
- 全職運動員
- 精英乙級
- 壁球（非奧運項目）

每月資助
約 16,000 港元

運動員 C
- 非全職運動員
- 精英甲級
- 劍擊（奧運項目）

每月資助
約 10,000 港元

運動員 D
- 非全職運動員
- 一般成年隊
- 保齡球（非奧運項目）

每月資助
約 2,500 港元

詩：此外，體院鼓勵運動員「雙軌發展」，除了訓練，也進修不同知識，以便退役後向其他方面發展，如運動員事務部提供英文補習班及外語課程等，「香港運動員基金」亦為運動員提供不同方面的資助：

運動員年資	資助類別	
現役 或 退役兩年以內 •「精英資助評分表」中 3 分或以上成績	**教育資助** 一個全日制或兼讀制專上課程，包括碩士及博士課程。每年最高資助 70,000 港元，最多六年。成為全職運動員四年或以上可以申請第二個學術課程資助。	**運動證書資助** 每個課程最高資助 20,000 港元，最多資助兩個運動證書課程。
退役 • 修讀全日制長期學術課程	**生活津貼** 每年最高資助 40,000 港元，根據課程年期，提供最多六年資助。	
退役兩年以內 • 全職八年或以上；「精英資助評分表」中成年賽事 4 分或以上成績	**精英運動員優秀表現嘉許計劃** 一次性資助，最高可達 980,000 港元（十二年或以上全職訓練及「精英評分」5 分或以上）。	

第二節 ｜ 失去您的第三屆奧運會

給摯愛的普普：

手腕骨折的那一年，我學
會了珍惜。當機會擺在眼前，
自己卻沒有能力爭取時，那份無
奈、那份不甘，是酸溜溜的。我
以為只要不浪費一秒鐘，就不會
留下遺憾。然而，走到人生某個
階段，才真真正正明白世事無常的
真諦。

您是在 2011 年 11 月進隊的。那時，您捧着大肚子，笑
嘻嘻地走到我面前。我有眼不識泰山，竟擺着姿態，不願與
您多聊。想起自己當時目中無人的樣子，我就感到羞愧。您
用帶有雲南口音的普通話介紹自己，我聽不清楚，沈教練便
補充說：「普教練是長距離和短距離的全國單車賽冠軍，也是
全國電單車賽冠軍。牽引的能力，至今沒有人能夠媲美。」

沈教練對您的誇獎，我當時半信半疑。時間沒有給我思
考的空間，翌日，我們便開始首次合作。電單車牽引是場地
單車運動員必須接受的訓練課，領騎的電單車手要用合適的
速度——既要比尾隨的單車運動員快，又不會甩掉他。第一
次跟着您的牽引課，我謹慎地緊隨在後，您加速，我就提高
腳頻；後來您越加越快，我都能穩穩跟住。這節課後，雖然
彼此的陌生感依然存在，但是我倆配合得天衣無縫，這使我
驚訝萬分。

不過，您記得嗎？第一個月的訓練期間，您常常遲到。您脫離運動員的生活太久，難免會不適應吧。每次誤點，都要按摩師方砥或我敲門喚醒您。對於這般不負責任的教練，說實話，我頗有怨言，並不時暗暗露出不屑的眼神。您看我如此傲慢，並沒有放在心上，只是一笑而過。我看着您嘻皮笑臉，像個長不大的男孩，想生您的氣，卻又氣不下。我相信時間會使人適應改變——可是沒有您的日子，我適應了許久，也沒有適應過來。您的適應能力比我強多了，跟大隊去了一趟泰國比賽之後，不但不再遲到，還把隊中的大小事務都處理妥當，真厲害！

您說您成為教練之前是賣玉石的。在我看來，您不只會鑒玉，還善於看透人心。您看穿我，看穿我在隊裏那麼多年，過得並不快樂；您看穿我，面對着四年一屆的奧運，心裏十分執着，您知道運動員沒有多少個輝煌的四年，所以看我常常繃着臉，也沒有怪我不禮貌。

我倒是看不清您，比我大差不多一輪，還那麼愛開玩笑。差不多每個運動員和職員都被您起了綽號：可愛的有米老鼠、麥樂雞、小不點……英勇的有蕭隊長、羅冠軍、胡大仙……您也給我起了一個綽號，是我後來才知道的，原來您在別人面前會叫我「老闆」。也對，像我這種認真得要命的性格，肯定把工作人員都嚇怕吧！可是，您從不嫌棄我，每當我板着臉，您就說笑話逗我笑；每逢調整日，就帶我出去逛街吃飯。

里約奧運後，我終於可以放鬆了，您卻在那時候悄悄地離開我。您是怪我沒有帶您一起去，才一聲不吭地走了嗎？

自您進隊後，無論喜與憂，您都在我身邊。沒有您，叫我如何是好？

記得有一次出國比賽後，回到廣州機場已是深夜時分，我在搬行李的時候不小心把電話弄丟了，直到巴士開了兩公里才發現。當時，我心急如焚，腦袋一片空白，怕電話裏珍貴的相片和訊息紀錄全丟了，嚷着要下車。您怕我有危險，也跟着下車。您不像我那麼笨，沿着馬路跑回去，叫了一輛出租車追上我。我在上車的地方拾回電話，您從後趕上，喘着氣，緊張地問：「找到了嗎？」我一邊哭，一邊拿着電話激動地點頭。您摸着我的頭安慰我：「找到就別哭了。」您像父親緊握着女兒的手，領我坐車回去。您那結實而溫暖的手掌，像翻熱了多次的年糕，想必是經歷過許許多多風霜而煉成。

倫敦奧運後，我雖然拿得獎牌，卻因為言論被傳媒斷章取義而感到沮喪，整個星期只躺在牀上哭，提不起勁訓練。別人都不明白我為何愁眉苦臉，您沒問究竟，便對我說：「不想練就休息一下吧！」不但沒有強迫我訓練，還天天為我送餐，又買蛋糕哄我。

後來，我哭膩了，給您發訊息：「我想訓練去。」您二話不說，馬上回覆：「好！走！」就開車送我到單車館。那時，您說：「只要你想練，我陪你練到天黑都行！」不論我有甚麼要求，您總是摸着大肚子，仰首大笑應允。

「訓練太無聊了，我要去玩！」「行！」

「很累，我要去吃魚，要好好吃一頓！」「可以！」

「我要拿世界冠軍，您陪我多練起動吧！」「沒問題！」

為甚麼您從不說「不行」？您實在太寵我了！任我再橫蠻無理，向您發多大的脾氣，您還是無微不至地照顧我。

不知不覺，我把您看成隊裏最親的人，開始依賴您。

您那強壯的身軀像堡壘，有您的照顧和保護，我甚麼也不怕。當時，我怎麼沒意識到，堡壘會有倒塌的時候？

您沒有陪我多走一個四年，就悄悄地走了。

「您可以不要走嗎？」我沒有這樣問。那一天來得太突然，我想：即使您離開的時候，我守在您身邊，大概也不敢挽留，怕您在世上受苦。生老病死是人世間的自然規律，怎麼我還為您無聲無息的訣別而放不開？

記得您離開的那一天，是靜夜。我正在日本參加職業大獎賽，您跟其他運動員則在廣州。晚上，沈教練忽然打電話給我。我通常會把電話調至靜音，那晚我罕有地接聽了他遠道而來的電話。可是網絡太差，我一直以為沈教練在笑，而且笑得特別誇張，如果您在他的身邊，聽到他的聲音，肯定

　　也會摸着肚子一起笑。我只聽到他哭笑不得地說了一句：「普教練走了。」

　　他竭力壓抑自己哭得像笑的聲調，彷彿花了很大的力氣，才能把要說的話清晰地傳到我耳邊。他重複了一遍：「普教練走了。」

　　我笑問：「他走去哪裏了？您先不要笑。」

　　他激動得很，大聲喊道：「普教練走了！他去世了！」

　　沈教練似乎是笑着掛電話的，把我一個人留在靜夜裏。我整個人凝住了。過了幾秒，我咧嘴笑了笑，心想：那是笑話，不是真的。我給您發訊息，然後打電話給方砥，平時你們都很快回覆，但那天晚上沒有任何回音。接着，我打電話給一個好朋友，他的聲音帶來一點温暖，抵擋着房內陰冷的空氣。

我對朋友說：「剛才沈教練告訴我，普教練去世了。」

朋友十分愕然，使我發現自己好像過於冷靜。即使朋友緊張地慰問我，我依然平靜地答話，彷彿甚麼事都不曾發生。掛線前，朋友對我說：「你獨自留在日本，萬事要小心。」聽筒貼着我的臉，暖烘烘的。他的叮嚀像一陣暖流飄進我的房間，我熱得滿臉是汗，尤其是眼睛，汗水濕透整件衣服。

那是異常的靜夜。

或許我生病了。只有生病，鼻水和淚水才會不由自主地流着。於是，我爬到牀上，緊緊把着被子。記得小學時，有次病得很嚴重，媽媽用棉被緊緊地包裹着我，說只要把汗焗出來，身體就會痊癒。我緊把着被子，手拿着電話，冀望您會回覆，一直不敢睡。

淚流了一整夜，怎樣也遏止不住。我可能病得太重，眼睛一直沒法閉上。那應該不是真的……您還活着，只是睡着而已……您會不會是「假死」呢？那些死人復活的奇事常有聽聞，大概再過幾天，您又活過來了！

我坐在椅子上，盯着電話，等待沈教練打來，告訴我他只是跟我開玩笑。然後您在旁邊說：「真的假的，你還分不出來？」

我希望一切都是夢，不過我的願望並沒有實現，直到訓練時間到了，電話還是沒有動靜。

太陽升起，我如常生活：弄早餐，換衣服，訓練去。我堅持騎到山上的單車館，沿途煙霧彌漫，視野狹窄。越往山上，霧就越厚。我一邊騎車，一邊幻想您會如常早早到達，為我準備。可是，您沒有。要是您在，肯定不願意看見我因為您而停下腳步，所以，我堅持着，認真地騎完四組速耐訓練。普教練，我把原定的訓練內容完成了，沒有躲懶！您在哪裏？

澳洲運動員珀金斯來到單車館，他見我一邊騎車，一邊嚎哭，問我怎麼了。我告訴他，您去世了，他輕輕地拍着我的背，給我一個温暖的擁抱。不過他的安慰無法撫平我的心痛，我用雙手用力地按着胸口，像按着流血的傷口，希望可以止點痛。無奈，痛苦是止不住的，它經血液，從心臟向全身蔓延。我蜷縮身體，承受着錐心刺骨的痛。

　　「你傷心成這樣，怎麼還勉強自己訓練？」珀金斯問。我告訴他，只有訓練才會讓我感覺好一點，因為只要訓練，就會看見您騎着電單車牽引着我；練得累了，就會看見您伸手扶着我；拼命騎車時，就會聽得到您的吶喊……要是您站在我旁邊就好了。您是怪我沒有帶您來日本嗎？倘若您來到日本，就不會死了。

　　我買了一條黑色的通花裙子出席您的喪禮。您靜靜地躺在那個小盒子裏，大概是睡太久，沒有好好吃一頓，連肚子都不如以往般圓鼓鼓的。儀式尚未開始，您媽媽已傷心得站不住了。您不用擔心，我在。我在她旁邊攙扶着她，拍拍她的背安撫她，像您保護我那樣保護她。

　　大家都在哭，我以為我會像大家一樣，放聲呼喚您。他們知道您離世後，都跪在您身邊，喊您別鬧着玩。

　　我沒有。

　　我忍着，不哭喊。我不能哭，我知道您不願意大家為您而哭。我用盡所有的力氣，控制自己的情緒，安慰您的家人和朋友。

　　我從來沒有看過如此安靜的您，您媽媽搖晃着您冷冰冰的身體。我看到您的心還撲通撲通地跳着，我想：您其實還活着，只是累了，休息一下而已。我拿出從日本帶回來的明信片，放在您的枕邊，悄悄跟您說：「您醒來的時候一定要看啊！」

我靜靜地看着您，直到一個陌生的男人把小盒子蓋上，當我知道再也看不見您，強忍的淚水終於如瀑布瀉下。

我的心痛得很，但我知道我的痛不及您的。普教練，您為甚麼會心痛至死？是怪我不在您的身邊嗎？我回來了，您不要生氣，不要對我不理不睬，不要離開我，好嗎？您不在的時候，有誰會在我訓練時喊加油喊得那麼使勁呢？有誰在我不快樂的時候帶我去散心呢？有誰會像您那麼疼我、遷就我呢？有誰會像您知道我為沈教練流淚時，勸告我「騎單車不是為任何人，而是為自己」呢？

「不要想太多了。」您說的話在我腦海中浮現。遇到再艱難的事，我也能豁然面對，除了這一次。

我帶給您的明信片，您看了嗎？您現在過得好嗎？我很想您。您的離開，是我心中最大的一道傷疤。心不時抽搐着、痛着，別人怎樣開解，我亦無法釋懷。我閉上眼，讓眼淚痛快地流下來。痛哭過後，一笑而過的灑脫，我只學懂一點點。擦掉了淚，擦不掉對您的思念。

您離開的日子，我無法不多想。這幾年，隊裏發生許多事，香港也發生許多事，我無法置之度外。我想成為有承擔的人，為社會出一分力；我想培育下一個世界冠軍；我想像您一樣，給身邊的人帶來溫暖和快樂；我想像您一樣，好好吃，好好睡，好好玩，也好好工作，不枉此生。還有，您那麼喜歡熱鬧，我還想介紹Jessica、加珈、其他新隊友和工作人員給您認識，您說過，人多才好玩，對吧？

傳說死去的人會化成飛蛾，回到世上看看活着的人。從前我不信這種荒謬的說法，直到每次比賽，我都看見一隻飛蛾。

我想，那是您，那一定是您。

不知不覺，您已經離開了五年，如果您親眼看到短組的陣容日漸龐大，羅子駿在世界杯取得第四名，我再奪得兩件彩虹戰衣，再次得到奧運獎牌，您一定會引以為傲。

　　時間使人遺忘許多事，把記憶剪得零零碎碎，惟獨感情沒有因為離別和歲月而減退。謝謝您在隊裏那五年，常常給我紓憂解困，造就我成為世界冠軍，成為為人設想的人。

　　今年正值奧運年，真想帶您去日本。不過我倒是想，您以前到哪裏都能找到路，何況現在會飛了，根本不需要我領路。我給您寫了這封信，您一定要飛回來看，不要只顧流連世界的風光而忘了我！我會記住您的笑、您的話，堅強地走未來的路。

徒兒
慧詩
二零二一年八月

體育記者

啟：運動員經歷人生各個重要階段時，體育記者一直從旁記錄。我們談了不少關於運動員的事，這次就和體育記者談談吧。

記：平日都是我們採訪別人，今次輪到我們當受訪者了。記者大致可以分成三種：編輯型記者主力撰稿、排版；採訪型記者主要追訪賽事和運動員；翻譯型記者負責搜集和翻譯海外新聞。有些記者有攝影師隨行，有些則需要兼顧編、採工作。另外，有些行內術語也可以和大家分享：

記者術語	意思
扑咪	在記者會中拿咪訪問相關人士或做街頭訪問。記者有時要一邊「扑咪」，另一邊用手機打筆記，更要適時追問。
細圍	只有幾家媒體做的採訪，這些媒體相約特定時間一同見報。
做扒	來自英文「Standupper」，在新聞現場做直播或錄影。
Soundbite	在訪問中引用受訪者的精句，講求「4C」原則：清楚 (Clear)、簡明 (Concise)、口語化 (Conversational)、容易記住 (Catchy)。
揀 Bite	在訪問後揀選訪問錄音的重要內容。
VO	英文「Voice-over」的簡稱，指配合新聞片段的錄音旁白。
Wide shot	拍攝遠景，即從高處、遠處拍攝整體畫面。
Close-up	拍攝特寫，即聚焦拍攝對象的特定部位，如臉部表情。
題	報道標題，又分大題和小題：大題是報道的主標題，小題即每個小節的標題。

啟：當體育記者有何工作要求呢？

記：記者最重要有耐性。比賽進行多久，記者就要站多久，吃飯和休息時間欠奉，採訪一整天後還要整理好稿件，才算完成任務，有時要連續數晚觀看海外賽事，再熬夜撰稿。當海外運動員來港時，我們會在機場長時間守候。運動員不是明星，未必習慣面對鏡頭，因此記者要懂得與受訪者攀談。

啟：記者工時長而不穩定，又要捱餓受累，堅持下去的理由是甚麼？

記：能陪伴運動員經歷人生的重要階段，相信是當體記最大的收穫和滿足。記得在德國世錦賽採訪時，看着 Sarah 與坐在輪椅上的禾歌相擁而哭，兩位傳奇車手惺惺相惜，使我們十分感動。作為香港的記者，我們更珍惜香港運動員，和他們同喜同悲，希望他們能取得好成績。

詩：我也深深感受到體育記者對運動員的愛護。記得里約奧運時我摔車，失落離場，當我竭力控制情緒時，抬頭卻看見幾個記者哭成淚人。另一次在 2019 年 6 月，我從德國回港，事前已不斷思考該怎樣回應當時正沸沸揚揚的社會事件，來接機的記者卻告訴我不用刻意回應。我感覺他們沒有只着重「炒熱」報道，而是體諒運動員的難處，不讓我們受到太多干擾而影響比賽。

啟：你們不用考慮報道的吸引力嗎？

記：我們當然重視報道是否吸睛，畢竟有足夠的點擊率、曝光率才可增加廣告收入，維持日常的營運開支。但不一定是譁眾取寵的報道才能得到讀者的注意，即時新聞、珍貴的相片和影片、獨家訪問等都能吸引讀者。最重要是帶出運動員的多面性，除了比賽成績，也讓讀者了解他們的生活和奮鬥經歷，向社會大眾發放正面訊息。

啟：運動員的理想是參與世界級賽事，體記的理想是不是採訪大型比賽？

記：採訪大型比賽當然是事業上重要的「里程碑」，但是能夠採訪香港運動員得獎的比賽，當中的滿足感更大。近年不斷有香港運動員嶄露頭角，晉身國際級賽事，而且成績理想，令人期待，給默默耕耘的記者注入動力，我們會竭盡所能採訪更多的運動員和報道更多的賽事。

第三節 │ 等待的十年

電燈膽

那天我在觀塘趕着回體院，左顧右盼找的士，沒想到，K先生會出現在我眼前。我從未如此興奮地喊過他，也不曾放肆地擁抱他。那十年，我一直在他身邊，卻無法堂堂正正地面對他、對他暢所欲言。直到十多年後，我終於看清了真相。

多年前，K先生無聲無息地住進我的心裏，那種感覺，就像不知不覺被蚊子叮了一口，直到患處痕癢、腫痛，我才驀然發現。自此之後，不論在生活或事業上，他都成了我的模仿對象。他愛整潔，我便天天收拾房間；他騎車比我快，我便努力追趕；他喜歡喝咖啡，我便去學泡咖啡。我買他看的書來讀、聽他愛聽的歌、看他看過的電影；我又不自覺模仿他玩手指和捏鼻子的小動作。直到後來，我連性格和說話的語氣都像極了他……這就是愛情嗎？看來我更像一個小粉絲，我記着他衣服和鞋子的尺寸。每次他上場比賽的時候，我都會走到最前面，瘋狂地為他吶喊。

他成為了我的世界，我無時無刻都想着他。早上起來，為了見他；晚上睡覺，為了夢見他。沈教練說：「當運動員要專心，不能受兒女私情影響。」我沒有乖乖聽他的話。愛情本是不由自主的事，不是一句「不」，就能將感覺拋諸腦後，更何況有K先生在的日子，我總覺得自己有用之不盡的精力，每天訓練都充滿能量。

無可否認，我已經被他迷得神魂顛倒。只要他坐在我身旁，我的心就撲通撲通地亂跳，我喜歡趁他睡着時，近距離觀察他。我屏息靜氣，凝視他那修長的臉蛋、又圓又大的耳朵、筆直的鼻子和微撅的紅唇，拼在一起真是令人百看不

不能在一起，
就默默地守護，
天真嗎？
值得嗎？

膩。有一次，他輕浮地問：「坐在我旁邊，你很快樂吧？」我馬上害羞得滿臉通紅，不禁啞然失笑。又有一次，他說：「我是男孩子，讓我來保護你。」雖然這些話他都只是隨便說說，我還是一一珍而重之，牢牢地記在心坎。

　　那時，他還不知道我已深深地愛上他，每當我找他傾訴心事，他總會理性地給予意見。聽到他的分析，我的心便會踏實起來。可是當他知道了我的心意，便寫了一封信婉拒我。

　　信上說：「其實我一直把你看成很要好的朋友。」

我是知道的。

他和他當時的女朋友十分匹配，那個女生會打扮，腿纖細修長，笑起來分外甜美。我應該及時醒過來，讓我們的關係停留在最美好的時光，但我對他比對單車的執着有過之而無不及。我跟他的女朋友成了朋友，他們吵架時，我還若無其事地勸他們和好。聽着、說着，心中酸溜溜的，不過只要能知道多一點關於他的事，我就心滿意足了。

當時的我認為，愛一個人有許多不同的表達方式，和他在一起是一種；待在他身邊，默默地守護他，是另一種。從前，我願意單純地愛他，祝福他倆，當他們一輩子的朋友。現在想起來，這不過是自欺欺人，誰希望付出感情後，只被對方當成可有可無的人？

給我一個理由

我倆的關係慢慢變質。有一天，家中發生一些事，我找 K 先生訴苦。我借酒消愁，他酒量比我淺，還陪着我喝。

我們喝着喝着，忽然，他抱緊我，握着我的手。

錯愕間，我問他：「你愛我嗎？」

他反問：「愛情是甚麼？」

我們都沒有回答對方的問題，但彼此心中都有了答案。

我怕失去他，怕被他冷落，一切都順着他。慢慢，我不能再自如地表達自己，每次看到他，我都畏畏縮縮。為了吸引他的注意，我曾頻密地寫信、發訊息、送禮物、化妝、塗指甲油……過分的殷勤、無謂的舉動，怎可能不令對方心煩？他漸漸不再回我的訊息，就算碰上面，都是「一句起，兩句止」。單戀本是自討苦吃，對象錯了，付出再多也是徒然，鍥而不捨地愛一個不愛你的人，只會令自己遍體鱗傷。

可是，怎樣做才能淡化我對他的愛？時光荏苒，這些年來所發生的事，在我腦海只剩下斷斷續續的畫面，但愛與痛的感覺卻刻骨銘心，無法輕輕帶過——愛之深，痛之切。

我愛他，甘願承受這份痛，一廂情願地沉淪下去。

只是我付出的愛越多，越顯得廉價。我像從縫隙裏長出來的野草，不時在他腳邊擾擾攘攘。我不再問他愛不愛我，反正只要他多看我一眼，或偶爾待我好一點，我就心滿意足了。乞討的愛終歸不會有好結果，他從不把我放在第一位，也沒有打算好好愛惜我。

一天，他竟坦誠地跟女朋友說出我倆的關係。

「有多少人知道我們的事？」我問他。

「我只告訴我的女朋友。」他辯稱。

「但其他人全部知道了！」我激動地喊道。

我馬上跟他的女朋友道歉。可是，道歉不能彌補傷害，只是讓犯錯的人心裏舒服一點罷了。沒料到，他的女朋友輕描淡寫地回應道：「我沒有生你的氣。」這使我更感到無地自容。

第二天，K先生約我到宿舍的空中花園，跟我道歉。他不喜歡女孩子哭，所以我竭力把眼淚藏起來。他送上一盒禮物賠罪，誠懇地說了一番話。只是事到如今，還有意思嗎？

我冷冷地趕他走，他的身影慢慢離開我的視線，我抱着膝，讀着附在禮物上的紙條：

「Sorry. I hope that you like Brownie.」

淚水終於藏不住了，滴答滴答地掉在地上。我望向宿舍對面的鐘樓，原來鐘是壞的，時針、分針、秒針都各停在一處，像我的腦袋一樣停滯着。那些與他在一起的美好時光衝擊着我失落的靈魂，再多的淚也滌除不了錐心之痛。潛意識跑出來唆擺軟弱的身軀：從這裏跳下去吧！心就不會再痛了！

離開這個世界吧！不安的感覺就會消失了！越軌的愛情就煙消雲散了！

我站起來，從圍牆邊往下看，眼睛模糊地打量着平台的高度，淚珠身先士卒，一滴、一滴往下墜落，有些在半空中被黑夜吞噬，有些狠狠地碎在地上，在淡黃的燈光映照下，發出最後一點光芒，然後，驟然消失於塵世間。

嗯，我往後退了一步。

也許，找個人傾訴就會好。我坐下來，拿起電話，卻想不到該找誰。一個人承受悲痛便好，何必影響家人和朋友呢？

看着電話中的相片庫和訊息紀錄，這十多年以來，訓練和比賽佔據了我大部分人生，家庭聚會的相片中總缺少我的身影，朋友的閒聊我也搭不上嘴。即使沒有了我，他們大抵很快就能適應吧！

我在圍牆邊躊躇。回想這一年，我在倫敦拿了奧運銅牌，成為了香港第一位取得世界冠軍的女單車手，得到許多支持和讚賞，但是這些名銜通通不能彌補愛情的遺憾。只有 K 先生在我身邊的時候，我才覺得這份幸福是完滿的，他一不在，我就倍感寂寞。這一年，我經常患得患失地哭，面對那份空洞，我很疲累。

我再次走近圍牆邊緣，想起了 E 先生，他曾目睹我情緒崩潰的時刻。說來可笑，因為我從來沒有向 E 先生解釋來龍去脈，他不知如何安慰我，竟買了兩本勵志書鼓勵我。那兩本我不曾翻閱的書，此時卻輕輕敲打我空洞的腦袋，打消了那些可怕的念頭。原來一個小小的理由，就足夠使人活下去。

我回到房間，把那盒 Brownie 放進屬於 K 先生的抽屜裏，珍而重之。

痛苦的時候，
原來只需一個小小的理由，
就足夠使人活下去。

暗路逢燈

後來，我遇到幾個男孩，他們十分體貼，而且很愛護我，
只是我心中還惦念着 K 先生，最後跟他們都無疾而終。

——我們不是才一起一個月嗎？

——怎麼忽然和我分手呢？可以解釋一下嗎？

我滿心以為，舊的回憶會被新的事物蓋過，然而 K 先生在
我心中卻像磐石般，一直盤踞在某處。曾有男生情深款款地對
我說：「我當第二位就可以了。」「我會陪着你直到你忘記他，
我們一定可以攜手到老！」他們的愛給我幽暗的愛情路上點起
了燈。每一次，我都嘗試忘記 K 先生，鼓起勇氣和別人在一
起。每次到了最後，我依然無法忘懷與他一起的甜蜜回憶。

我總是勸這些男生，不要那麼愛我。我時常鬧分手，之後
又因捨不得而復合。直至我無法接受這樣的自己，便和所有男
生斷絕往來。我情願獨自一人，繼續摸黑穿過這條隧道，那麼
在別人心中留下的遺憾，還有我心中的愧疚，就不會那麼深。

心之恐懼

要忘記一個人，比我想像中需要更長的時間。與他的回憶偶爾觸動心弦，未待這感覺消散殆盡，我就開展新的戀情，最後親手撲滅了一盞又一盞的燈，傷了別人。聽說每個人一輩子只會愛上一個人，若真如此，我還盼待誰？我根本不必再跟誰談戀愛吧。

青春悄悄地遠去，我繼續為 K 先生蹉跎人生，對他噓寒問暖，希望有天能感動他。玲勸我別傻，

別因而錯過一個個疼愛自己的人，但我泥足深陷，難以自拔。我質疑自己對其他人的愛，討厭自己魯莽地開始新戀情。既然我的心容不下另一個人，為何又答應和別人在一起呢？

欠下這些感情債，全都只能怪自己，像我這種人，亦該得到應有的懲罰，即使孤獨終老，也是活該的。於是，我放棄尋覓，不再執着於愛情，將全副心思放在事業上，還儲錢買了一間「姑婆屋」，一心打算獨個兒度過餘生。

愛的語言

啟：愛有很多種，除了戀人的愛，還包括父母的愛、兄弟姐妹的愛、朋友的愛，以及對有需要的人的愛。愛與被愛的能力讓我們和身邊的人建立關係。關鍵是我們是否懂得表達自己的感受，與別人互相分享和關懷。

詩：你有聽過「愛的語言」嗎？這是由婚姻家庭輔導專家 Gary. D. Chapman 歸納出來的，是人們表達愛的五種方法。

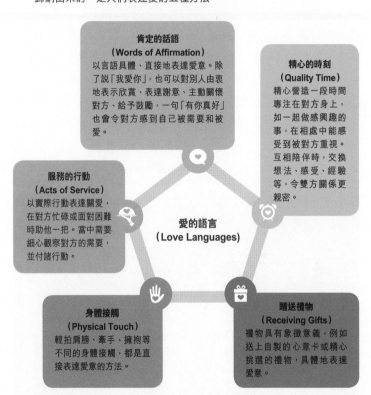

肯定的話語
（Words of Affirmation）
以言語具體、直接地表達愛意。除了說「我愛你」，也可以對別人由衷地表示欣賞、表達謝意、主動關懷對方、給予鼓勵，一句「有你真好」也會令對方感到自己被需要和被愛。

精心的時刻
（Quality Time）
精心營造一段時間專注在對方身上，如一起做感興趣的事，在相處中能感受到被對方重視。互相陪伴時，交換想法、感受、經驗等，令雙方關係更親密。

服務的行動
（Acts of Service）
以實際行動表達關愛，在對方忙碌或面對困難時助他一把。當中需要細心觀察對方的需要，並付諸行動。

愛的語言
（Love Languages）

身體接觸
（Physical Touch）
輕拍肩膀、牽手、擁抱等不同的身體接觸，都是直接表達愛意的方法。

贈送禮物
（Receiving Gifts）
禮物具有象徵意義，例如送上自製的心意卡或精心挑選的禮物，具體地表達愛意。

詩：我們可以留意自己或對方習慣用甚麼方式表達愛，通常也希望別人以同樣的方式對待自己。另外，留意自己或對方經常抱怨的事情，從中推測慣用的「愛的語言」。學懂如何表達心意，有助改善人際關係。

啟：Sarah，你的「愛的語言」是甚麼？

詩：這個就留待我自己發掘吧！

第四節 ｜ 愛在記憶中尋找……

人非草木

在真正放下 K 先生以前，我在這個深淵待了十年。

那時候，普教練逝世的消息擊潰了我。失去普教練時，E 先生陪在我身邊。在我最軟弱的時候，他走進了我的世界。他純粹的陪伴，是療癒傷痛最好的藥。我本以為自己無法再接受其他人，但人非草木，在悲痛欲絕的情況下，我和他在一起了。

E 先生不是基督徒，好煙好酒，生活節奏和我截然不同。我們的共同嗜好只有寫作，我們時常熬夜寫文章，有時我陪他，有時他陪我。寫得累的時候，我們喜歡靠着對方，我會像個小女人依偎在他身旁，也會為他按摩肩膀，紓緩長期打字造成的酸痛。我喜歡約他吃早餐和夜宵，與他促膝長談，

純粹的陪伴，
是療癒傷痛最好的藥。

一天的開始和結束都有他在，我感到幸福極了。我更喜歡他身上的香水味，清新而不嗆鼻。我會穿上他的衣服，這樣他不在的時候，也像伴着我。

E 先生喜歡帶我到國外旅行，因為街上不會有太多人認出我。有一次，我們玩了一整天，回到酒店房間時，牀上竟然放了一束玫瑰花，那是他給我的生日驚喜。他拿出蛋糕，唱完生日歌後，竟向我求婚。我沒有馬上答應，開玩笑地說：「剛才你惹我生氣，我要看你這一年的表現，再作考慮。」其實，我的心早被玫瑰和蛋糕融化了。我們舉杯慶祝，我趁他喝得醉醺醺的時候，悄悄地對神說：「他真的待我很好，若這是真愛，卻不合祢的心意，即使下地獄，我也甘願受罰。」

但是我說得出，做不到：當家人知道我與 E 先生在一起，都不看好這段戀情。沒有家人的支持，我怯懦了，怕將來走不下去，可恨是我不敢向 E 先生道明一切，只把這樁心事藏於心底。

及後，比賽和學業的壓力同時來襲。不知為何，兩年沒見的 K 先生，竟從我的腦海中竄出來，打亂我的思緒，一個人心中怎可能同時存在兩個人？我找不到答案，只能竭力壓抑內心的感覺。然而，我始終無法除掉腦海的念頭，K 先生的身影頻頻浮現，加上家人總是帶着刺說話，使我喘不過氣來。我和 E 先生幾乎天天爭執，怒氣和灰心支配理智，我在一次電話通話中與他道分手。他堅決要先和我見面溝通，我拒絕了。我怕情緒一發不可收拾，怕見面後我會回心轉意。再一次，我親手熄滅了為我點燃的燈，愛情的隧道回復漆黑一片。

與 E 先生分手後第二天，我再次走進那黑暗的深淵，想在那裏尋找殘餘的愛。我打電話給 K 先生，相約見面。

他答應了。

見面後，我們如常談天說地，直到他電話的鈴聲響起，中斷我們的對話，原來是他女朋友的來電。我靜待他掛掉電話，看着他，想起愛我的 E 先生，又想到電話另一端的那個女孩，我懸崖勒馬，說：「我還是回去了。」

那一天，我真正放下 K 先生。

愛分手病

兜兜轉轉，我又回到愛情路上的起點，回想那些真心待我的人，其實我感同身受，心如刀割。我像一隻刺蝟，誰人抱起我，都會傷痕纍纍。我不知道自己為何如此差勁，不懂珍惜別人的愛。曾有一段時間，我不認真地跟別人交往，因為自己做不到，所以也不相信地老天荒的愛情。但是很快，我停止了這種膚淺的感情遊戲。

姐姐結婚那天，我看見她找到好歸宿，既歡喜又欣羨，百感交集。我消極地對她說：「我已經放棄了，我不可能像你一樣找到真命天子。」她鼓勵我說：「我將理想對象的條件寫在紙上，每天晚上祈求神，結果他就出現了！要不你也試試？」

我按姐姐所教的方法去做，但想來想去，都想不到他該長甚麼樣子。愛是一種感覺，沒有條件，沒有標準。儘管如此，我還是堅持禱告半年。半年後，魔術先生出現了。

魔術先生是一位很有耐性的男生，他會把憂愁變成歡樂，當我傷心得說不出話時，他總會說：「你慢慢說，不急。」再溫柔地安慰我。我時常因為訓練和寫作而忽略他，他也十分善解人意：「沒關係，我會等你。」我們見面的時間不多，許多時候只能靠電話和視像通訊，我總覺得委屈了他。他卻說：「沒關係，你先把事情完成，我們餘生還有時間。」因為他的信任，我能全心全意地寫作和訓練。

我喜歡跟他乘地鐵約會，在擁擠的車廂中，我們的眼中只有對方，和對方瞳孔中的自己。在他的懷抱中，我切切實實地感受到愛的存在。我們相處得十分融洽，家人也十分喜歡他。難道他就是神應允的那個人？開始交往不久，他就認真地許下承諾，說奧運後跟我結婚。他的真誠，讓我看到將來；他的盡善盡美，使我重新相信，世上真有天長地久的愛。

　　可是，延期的奧運臨近，我變得神經兮兮，情緒敏感得很。和 E 先生相處的回憶忽然在腦海中重播，我跳進了名叫「過去」的深淵。我們分手已久，但我仍很後悔當初沒有解釋清楚就分開，遺憾化成浪濤，在心湖中翻起暗湧。

　　我不斷提醒自己，那種思念只是假象，只要見了面，我就會回復平靜。我主動相約，可是這次，換成 E 先生不肯見我。洶湧的情緒找不到宣洩的出口，我更怕會引起魔術先生的誤會，心裏既焦急又無助。於是一如既往，我把自己的世界封閉起來。

　　我又變心了嗎？我不知道，只怕自己又把好好的愛情摧毀。我於心有愧，再不敢熱情地對待魔術先生，聊天時也故作冷淡。他很快察覺到異樣，對我說：「我感覺到我倆之間存在一面牆，我不知道你在想甚麼。」

　　越接近奧運的日子，我的情緒就越敏感，即使只是一句普通的話也足以使我嚎啕大哭，我看不起軟弱的自己。

　　這是我第三次參加奧運，能力和經驗都是歷年最好的，只要心理平穩，獎牌是十拿九穩。但是偏偏情緒不受控制，有天，我莫名其妙地告訴魔術先生：「我很想見 E 先生。」我不曉得自己在做甚麼，他當然也無法理解。一向心平氣和的他，終於也爆發了。他質問：「你這樣活在過去，有意思嗎？」當時，我還理直氣壯地點一點頭，完全沒意識到自己傷害了他。

愛的魔法失靈了，魔術先生也施不出任何妙計來安撫自己和我。他黯然地問：「我們分開好嗎？」我的思緒仍是極度混亂，只怕這樣下去，對他的傷害更深，於是答應分手。

與舊記憶糾纏

那是撕心裂肺的痛。對彼此相愛的情侶而言，鬧分手是最殘忍、最愚蠢的行為。分手那晚，我徹夜難眠，不斷回憶魔術先生說過的話、做過的事。他曾說：「我對愛情是十分認真的。」那時，我便決心不重蹈覆轍，暗自立誓要珍惜眼前人。可是這惡性循環不受控制地輪迴，我一次又一次與別人相遇、相愛、疏遠、分離。明明花了很大的力氣，才敢再次相信愛情，卻因為輕率的一句話，摧毀彼此建立的信任。為甚麼我會這樣？

「你這樣活在過去，有意思嗎？」——別人都為現在、為將來而活，只有我一直被過去纏繞。他罵得對，追悔過去，除了令自己和別人受傷，沒有任何意義。我的內心載滿一大堆早該作廢的回憶，只剩一個小角落讓自己承載美好的人和事。我環顧四周，房間裏放置着舊情人送的東西，一件件禮物、一幀幀相片、一封封信件……這些東西根本沒有意義！我把心一橫，把積存多年的禮物毫不留情地丟掉了。

牀邊的燈飾擺設，是魔術先生送的。記得每當我心情低落的時候，就會亮起燈，苦悶的宿舍頓時有了生氣。現在我看着它，只想起魔術先生的聲音：「你這樣活在過去，有意思嗎？」他說得對，我們分開了，他不會再為我變走悲傷。這些曾在我無力、痛苦時支撐着我的珍寶，如今只會掀起萬般的痛，我把它們全丟進垃圾桶，剛剛才縫補了的心再度粉碎。

可怕的念頭又浮現了，我打電話給姐姐，邊哭邊說：「我跟他分手了……該怎麼辦？我很怕……我覺得生存已經沒有

在我痛苦、無力時
支撐着我的這些珍寶，
如今只掀起萬般的痛。

意義了⋯⋯為甚麼我每次都要這樣傷害別人？我控制不住自己⋯⋯」聽罷，姐姐問我是否壓力太大、這個情況維持了多久。她怕我患上抑鬱症，以她作為心理學家的角度評估我的狀況。我偏不相信她的專業知識，因為我是奧運選手，是世界冠軍，處於高壓的環境十多年，對抑鬱這種病應該有抗體。我激動地反駁她：「不！我要打電話給 E 先生，我要把話說清楚。」我給 E 先生發訊息，告訴他輕生的念頭，他馬上回電：「我們都長大了！失去你的時候我也哭得死去活來，但哭夠了，我也撐過去了，你怎可以隨便說死呢？要是你真的這樣做，我這輩子都不會原諒你。」

　　「我也不知道自己為甚麼一直回想以前，一想起來就很想補救。」

　　「以前你一承受壓力就會胡思亂想。現在離奧運還有兩個月，不要亂想，不要再覺得對不起我，我已原諒你了。」

　　「我們已經沒有可能，對嗎？」

「過去的已經過去了，我現在活得很好。你要往前看，珍惜自己，珍惜眼前人。」我掛掉電話，用盡力氣遏止任性的淚水。這一通電話把我腦海中的所有假象都刪去了。

過去的已經過去——我不能再哭，否則眼睛太乾，會影響訓練。我也不能死，每一位工作人員都在賣力地為奧運作最後準備。

淚雖然止住了，但是我依然控制不住抽搐的身體，喉嚨被勒住的感覺十分強烈。那是抑鬱的徵狀，還是我失去愛情的痛楚？我的情緒仍舊反反覆覆，每到晚上，心情才稍稍冷靜下來。當我以為第二天會好起來，醒來後卻比前一天更難受。奧運真的快到了，我必須照常訓練，在這個最後階段，再難熬、再痛苦，也要堅持到最後。我問自己：上一屆奧運，我能從陰霾中走出來，這一屆怎會不行呢？

那天以後，體院的心理老師一直觀察我的情況，姐姐和朋友們每天都給我發鼓勵的訊息。七月份的天空特別昏暗，使人難以笑得開懷，我常常沉默不語，仰望朦朧的天色，懷念消逝的愛情。但姐姐和朋友們成了我的明燈，他們教會我，除了找

飛機緩緩降落東京，不安的心情也隨着漸漸沉穩了。

身上的每道傷疤

愛我的人，也要學習如何去愛，愛情曾給我的短暫溫暖也漸漸變得無關重要。

出發前四天，沈教練說：「從現在開始，你們不要受外界的事干擾，盡量不要與人聯絡，情緒也不要太波動。」我醒悟了，告訴自己：「李慧詩，在奧運奪金是艱巨的任務，你不能再放任情緒！」

一生的學習

前輩問我談過多少次戀愛，我坦誠地回答：「十幾次。」他既驚訝，又不禁揶揄：「那麼多次，肯定不是愛啊！」

聽到他的嘲笑，我啼笑皆非。這些年，我在單車場上得到一個又一個殊榮，我的愛情難免成為犧牲品。愛的能力並非與生俱來，維持關係是需要學習的，跟保持運動能力一樣，要找到對的人、用對的方法，付出和收穫才會成正比。無奈的是，我只能擠出僅有的時間和心思去學習如何與人相處。彼此溝通不足，即使相愛，也會失去信心和安全感，導致關係破裂。若以愛情來衡量一生的成就，我肯定是一敗塗地。

經歷無數次跌跌撞撞，我才發覺傷痛使我築起了厚厚的圍牆，圍牆的背後安放着甜蜜的回憶。一直以來，我擁抱回憶，猶如小孩子緊抱着又舊又髒的小棉被，不願放手。每當壓力到達頂點，要面對現實中種種不確定和痛苦時，我就會逃難般回到這個安全區，逐一翻開回憶，渴望在當中獲得安全感。其實那個回憶世界不比現實快樂，沒有誰來共鳴，亦不會為我加添生命力。偏偏每隔一段時間，我就不受控制地鑽進去，有時在回憶中追悔，有時在痛苦中掙扎，有時執着於從前的快樂。當回憶和現實之間產生極大的矛盾，我便拒絕別人的關愛，甚至討厭現在的自己，想離開現實世界。

這或許是我軟弱時慣常的做法，又或許真的如姐姐所説，是一種病。若然是習慣，我就下定決心，痛改前非；若然是病，我就積極治療。這次經歷後，我感覺自己成長了。我外在的成功和內在的成長速度顯然不同步，現在只能努力追趕，不過每個人都有自己的步伐，又有何對錯呢？

　　「你已經進步了，以前你不開心，只會藏在心裏，對誰也不願説。」玲説。那面我一直不願拆毀的牆，似乎不知不覺地給魔術先生的耐心魔法變走了，我不再獨自面對失控的情緒，願意主動跟家人和朋友傾訴。

　　我跟着姐姐教我的方法，好好反思，跟過去作別，一步一步，走出陰霾。我重新認識自己和生活：無論好的我，壞的我，都是我；而所有經歷，都是為了使我茁壯成長。回憶不再是沉重的包袱，當痛苦沉澱過後，必會為生命帶來養分，成就更好的自己。我的過去、現在和未來終於接上同一道時間線，並緊緊扣連着。我成為一個更完整的人，重新踏上征途。

　　我問姐姐：「我和魔術先生是否已經結束了？」

　　姐姐回答説：「不知道！以後的事沒有人會知道，大家都有各自的選擇，分手對他的傷害很大，但你可以盡力補救。」

　　我嘗試彌補過失，只是關係和心一樣，要是破裂了，需要加倍的耐性修補。無論那時情緒多失控、情況多糟糕，我都需要為自己的所作所為承擔後果，不能推搪。

　　最後，我失去了他，他成為我回憶的一部分。

　　我勇敢地告別昨天，了無牽掛，向未知的前路邁進。

　　若然世上真有「命中注定」這回事，那人必會在特定的時間出現在我的眼前，要等多久，只有神知道。

反芻式思考與五常法

詩：姐姐告訴我，反覆回想過去的事，不斷自我檢討，思索更完美的解決方法，這種思考模式稱為「反芻」（Rumination）。這個詞語源自動物反覆將胃裏的食物倒流到口中咀嚼的行為。

啟：人在甚麼時候會出現這種反芻式思考呢？

詩：例如和別人爭執後，不斷悔恨自己說了某句話、做了某件事而破壞關係。較極端的如親友不幸離世後，不停責怪自己。一些與人相處的小事也會令人「反芻」，例如我們會擔心：「朋友剛才說的話，是不是代表他討厭我？」越在意人際關係的人，就越容易陷入「反芻」的漩渦。

啟：不斷為往事傷神，聽着也覺得疲累。「反芻」對情緒還有何影響？

詩：當我們不斷自責，會感到不甘；明知不能改變定局，卻擺脫不了這種想法，更使人焦慮和沮喪。久而久之，「反芻」令人否定自我、壓力過大，容易出現抑鬱的徵狀。

啟：那麼我們是否應該避免「反芻」？

詩：反思本來能令自己進步，但這種反芻式思考就像「豬隊友」，表面上在解決問題，其實只是白忙一場。要改變這種思考模式，關鍵是如何看待負面情緒。待情緒平靜下來後，再想想有甚麼具體可行的解決方法。

　　姐姐那時就教我用「五常法」：

一　常留意身體警號：當感到呼吸不順、肌肉繃緊時，應先放鬆身體，如深呼吸。

二　常喚停負面思想：身體警號響起時，提醒自己立即停止負面想法，並問自己「我跌進『反芻』的陷阱了嗎？」

三　常自我反問：以簡單的反問，從多角度看待事情，糾正負面想法，如「我是否誇大事情的嚴重性？是否沒有我就不能成事？」

四　常分散注意力：先從難過的事件中抽離，如洗洗臉、喝杯水、出外走一走，讓自己舒一口氣。

五　常備打氣卡：在紙卡、筆記上寫出對你有幫助的鼓勵話語，當被情緒困擾時，就拿出來為自己打打氣。

啟：總結一句，就是「先處理心情，再處理事情」，對嗎？

詩：對，若我們已經盡力，即使最後改變不了事情，也要接納現階段的自己，之後再努力，一定可以做得更好。

第五節 ｜ 終點線之後

屬於我的時間線

我看過一部台灣電視劇，名叫《敗犬女王》。劇中的女主角單無雙寫了一個「十年夢想大計」：二十三歲出國，二十五歲在心目中理想的公司上班，二十八歲結婚，三十歲環遊世界……可是，當她三十五歲的時候，把這份清單拿出來，發現自己只實現了兩項。

我二十三歲的時候，還是個寂寂無名的運動員。

受單無雙的影響，我也根據自己的喜好，訂立了一個天馬行空的夢想大計：二十五歲結婚、三十歲出唱片、四十歲出自傳、五十歲環遊世界、六十歲退休……將近三十三歲時，我拿出這張紙一看，竟發現自己一項也沒有實現，比單無雙更糟。

只要眼前有夢，
甚麼都不是阻礙——
我仍會追夢。

自從得到第一面亞洲獎牌後，爭獎牌成為我人生中的首要任務，我甘願放棄所有與獎牌無關的事，專心騎單車。其他運動員說我太誇張，可是我認為追求好成績是對團隊的責任、對體育的尊重。

　　我沒有後悔當初的選擇，只是不甘心。

　　有家室的人難有空間追夢，我跟他們不一樣。十七歲起，我就脫離了社會上所謂的「常規」。而且直至現在，我仍視「常規」如無物。天生貧血嗎？不一定恢復得比別人差；年過三十嗎？不一定是運動員生涯的終點。由小型比賽走到亞運，再由亞運邁向奧運，我現時的成就就是由一個又一個看似天馬行空的夢想構建而成。現在三十三歲的我，依然想追夢，依然有魄力，依然可以一如以往，突破「常規」，為自己開拓一片新天地。

我只是沉浸在喜歡的事上，
比較固執，也不怕吃虧，
沒有甚麼了不起。

2017年，我決定脫離單車的圈子，開展新生活。我想，其實沒甚麼大不了，就像一個畫家，畫完一幅作品，便翻開新一頁，畫另一幅新作品而已。我開始學習不同的技能：唱歌、彈琴、跳舞、游泳、畫畫……這一切，都是從零開始，不過我的起步點還是比別人前一點。世界冠軍的光環使我少走許多冤枉路：我無須奔波，別人會為我介紹好老師，老師們也會分外用心地指導我，遷就我的上課時間，無限量地包容我的無知。

他們從不催迫我的學習進度，因為他們覺得這些興趣都是用來陶冶性情，還叫我不用要求太高。不管學甚麼，明明我只是一名初哥，卻常常對自己有一份莫名其妙的期望，非得訂立一個遙不可及的目標，然後不斷逼迫自己達到那高度，因而常常使自己陷入困局。

為了做得更好，我無視身邊的人和事。懶理自己的身體，熬夜也好，捱餓也罷，總而言之我會不惜一切，發瘋似的練習，直至做到最好為止。這份誓要達至完美的心態，不但虐待自己，也使身邊的人受罪：家人受盡我的怪脾氣，卻拿我沒辦法；室友無辜地忍受我整天面目猙獰的樣子，還擔心是她們得罪了我；從前的伴侶不想阻止我做喜歡的事，只好默默地忍受。

老師們倒佩服我的堅毅，他們常常説：「難怪你能成為世界冠軍！」我只是想：論騎單車，我的天分沒有比誰高；論其他才藝，我也不見得有天賦。惟一比人優勝的是，我較固執，也不怕吃虧。我願意比別人多花數倍時間，只為「做好一件事」：我會坐在桌前大半天，寸步不離，只為畫好一幅畫；我會重複練習上百遍，只為唱好一首歌；我會不斷慢播舞蹈錄像，只為跳好一段舞步……有些長輩看我休息天還忙得不可開交，會讚揚我用功，其實我只是喜歡沉浸在喜歡的事上，並沒有甚麼了不起。

到底我是何時開始變得如此瘋狂地追求完美？是與生俱來的嗎？是成名後、離開K先生後、普教練去世後的改變嗎？我已經記不清了。現在的我，三十三歲，仍是不知天高地厚，像一隻戴上眼罩的賽馬，只管向前方奔馳。

　　我不知道真正的終點在哪裏。追求完美的路沒有終點，大概當我不想繼續走下去的時候，這條路才會終結吧。

完美主義者的不安

　　「你為甚麼會選我們這個學系呢？」大學面試當天，曉虹老師好奇地問。

　　2017年，我開始為寫作夢鋪路，走進校園學寫作。我信心滿溢，回答道：「我想出書。」老師笑言：「想出自傳也無須讀寫作課程啊！許多名人也會找別人代筆。」

　　我不假思索地答道：「我想自己寫。」

　　入學前，我的寫作經驗是從與好友的書信、日記、個人網誌、還有成名後在體育雜誌撰寫的專欄累積而來。我絕非語文根基深厚、才華橫溢的作者，但寫作是除了騎單車以外，我從不間斷地做的事。

　　從小學二年級開始，我就養成寫日記的習慣。那時候，姐姐買了一本掌心般大的記事本給我，無論是開心的事、悲傷的事、遊歷過的地方、遇過的人，我都把它們記錄下來。

　　我對寫作的熱情沒有因為科技進步或年紀漸長而減弱，我依舊每天孜孜不倦地在日記本記錄日常，或是在網誌分享生活趣事。有些朋友取笑我古舊，有些佩服我的毅力，有些居然受我影響，寫起日記來，偶爾還會寫信給我。

　　倫奧報捷，天馬行空的出書夢想一下子變得觸手可及。陸續有出版商有意幫我出書，當時我舉棋不定，事情便不了了之。

　　直到某天，我再次拿出當年所寫的夢想大計，反覆思量，下定決心要出一本高質素的自傳。傳記還是自己寫比較真誠，所以之後三年，我一邊構思自傳的方向和形式，一邊透過專欄練筆，並且翻閱不同類型的自傳和回憶錄，希望從中得到啟發。後來，我報讀浸會大學的創意及專業寫作學士課程，為我的夢想再踏前一步。

　　就憑這些寫作經驗和實現夢想的決心，我心中的「書」的輪廓日漸清晰。

　　當時，我的文學知識淺薄，早有心理準備接受批評。所以，當我聽到老師評論我第一篇散文時說：「這不是散文」；當我的第一篇詩作得到的評語是「這首詩一點詩意都沒有」，也沒有太失落。

　　使我沮喪的是我寫得特別慢。

　　我沒有下筆成章的本領，許多時候坐在書桌前一整天，依然吐不出一百字。我知道自己寫得慢，只好將勤補拙，請教比我年輕的同學。我向學系裏成績最好的同學問道：「我想寫出好

文章，應該看甚麼書呢？」他想了想，介紹我看《詩經》。朋友們都質疑他故意作弄我，但我接受了他的建議，捧讀《詩經》。此外，我參與不同的寫作訓練班和國際作家工作坊，大包圍式的接觸不同類型的文學知識，迫使自己在特定時間內完成作品。

暫別單車隊的日子，我將所有時間投放在閱讀和創作的氛圍裏，可是一歸隊，無可厚非，看書和寫作的節奏便被打亂了。

訓練畢竟是傷神費力的事，體力消耗了一整天，實在難以靜下心來。要我進入訓練的狀態，不難；但要我極速進入寫作的狀態，真煩。腦袋不似手腳，不會乖乖聽我命令，我只可以天天守在電腦前，碰碰運氣。寫得順暢的時候，我會晚點睡，多寫一點。我不介意放棄與家人朋友相聚的時間，整個休息天在書桌前爬格子。若那天收穫豐富，滿足感能延續到第二天，訓練也會加倍有衝勁。若文章比預期早了完成，我會欣喜若狂，慶幸自己沒有虛度這一天。

大腦習慣了應付我這個凡事苛刻的主人，可是它思前想後，就是不明白我為甚麼要選擇寫作，這顯然不是它在行的事。它不習慣接收文字訊息，時常感到力不從心。

但它知道，我不但想做到，還想做得好。

我看着電腦螢幕上的輸入標示一閃一閃，眼神凝滯，腦袋急躁得嘀咕嘀咕地自言自語：「不行，這樣不行……」腦袋不停碎碎唸，卻沒有打沉十隻指頭的決心，它們堅守在鍵盤上，等待靈感之神的差遣。雙腿幫不上忙，惟有在房間裏踱步，一方面為坐久了而漸覺冰冷的身體加添溫暖，另一方面為停滯的腦袋打打氣。最不爭氣的是肚子和眼皮，肚子不時發出響亮的抗議聲；眼皮呢？它們總是準時十一時正下班。

我閉上眼睛，疲勞的身體已進入休眠狀態，只剩腦袋依然活躍地思考着，它的工作是一輩子都做不完的。

「你要多久才能完成這本書呢？」

「半年吧。」

結果，我花了三年才完成。

共同的傷痕

作為公眾人物，我深知我不只代表自己，我的一言一行還影響着香港市民對運動員的整體印象。因此，無論做甚麼，我都三思而後行。

2019年6月以前，大家都以理性克制着激動的情緒，我亦然。

我戴上鴨舌帽，坐在咖啡店裏靠近落地玻璃的位置，拿出日記本，記錄窗外發生的一切。隔着玻璃，我像坐在電視機前看新聞直播，這已是我能到達最接近的距離了。遊行隊伍像一陣又一陣急流湧向我，人們都為各自的權益吶喊，除了政治訴求，還有為了宗教、社區、教育等各樣議題，與持相反意見的人士各據一方。我想：能夠像香港這樣容納不同聲音的地方，世界上應該不多。遊行人士總是喊得聲嘶力竭，好像把每一次遊行當作最後一次。我被他們澎湃的聲勢感動，有幾次更想衝動地跑出去，將藏在心中的渴望喊出來。

但是，理智阻止我，我不能不顧運動員的身份。那我能做甚麼？為香港做點事吧！我苦苦思量。

「香港人，加油！」想了許久，我決定在網上發表一句鼓勵香港人的話。這句話很快成為我被攻擊的導火線。有些網民要我修改句子為「中國香港人，加油！」證明自己忠於國家。我覺得這是多此一舉的做法，反而質疑提出要求的人是否一直以來都不認同自己的身份，將自己視為異族，才再三強調在「香港」前要加上「中國」二字。在國內生活良久，我從來沒有聽過哪

裏來的人會在省市前加上中國，如「中國上海人」或「中國廣東人」，聽起來極彆扭。一個人「姓甚名誰」，難道他的「生母」就會改變嗎？

聽 Jessica 說，居住外地，哪管你來自哪個華人城市，一併叫作「華僑」，「香港人」的身份不是那麼容易被記住。我要守護她，我從來沒有離開香港的意願，我到過不同國家訓練，但沒有一個地方比香港更適合我，我捨不得離開這個家。經過文化洗禮，的確物是人非，但我深信小城的情懷，是經得起風霜和考驗的。

「現在，誰還會說香港是我的家呢？」那天晚上，友人與我站在港鐵站，他有感而發。

友人原本在太子訂了座吃飯，到站後，一股刺鼻卻又有點像棉花糖的氣味充斥在站內。站內明明不准飲食，怎麼會有棉花糖的氣味？那就像糖衣毒藥。整個氣氛都極不尋常，月台上的人也異常地多，我感覺不妥，擔心會有危險，便提議換個地方相聚。

那段時間，但凡走在街上，就惴惴不安，總是懷疑哪裏會有事發生，總是擔心假期來臨，總是怕親友會無故遇襲。與家人和朋友見面，比平日更小心翼翼，格外留意自己的言行舉止，生怕會引起紛爭。即使是立場一致的羣體，也會互相猜忌、抨擊。膽小怕事的人，惟有躲起來，噤若寒蟬。

人與人之間失去互信，就算有對話機會，雙方都只停留於「假溝通」、「假接納」的表面交流上。難道關係是這樣經不起考驗嗎？還是我們的心靈承受不了歷史遺留下來的陰影？

我們終歸是人，有思想感情，強烈的社會張力更容易使人失去理智。我們越在乎一段關係，越無法控制自己的情緒。我想起沈教練，想到跟他訓練的日子，有幾次實在受不了壓力而逃避，我難以壓抑心底的負面情緒。

心之恐懼

那天，陽光普照，我在社交平台叮囑市民：「今天出門小心避雨，沒有雨傘早點回家。」我極不願意看見自己的家烽煙四起、傷痕纍纍，暴力都是無補於事，我只想勸大家留守家中。但此刻的政治氛圍下，再平常不過的句子，都會被演繹成各種意思。網絡世界沒有中立，無論在平台說些甚麼，都有機會令大家互相指罵。

當晚，一向疼愛我的前輩急着找我，開宗明義地勸告：「聽我說，把專頁移除吧！」這個臉書專頁從2011年運作至今，是我和香港市民的交流平台，我捨不得。

「你不知道，現在是特別時勢。」李慧詩這個名字早已跟香港密不可分，我和她一步一步走到世界舞台，身上的每道傷疤都帶着刻骨銘心的歷史。我想陪伴她走出傷痛，走出陰霾。

難道運動員就不能為香港出一分力嗎？我既非政治家，也非屬哪派陣營，我只是一個土生土長的香港人，代表香港出戰、為港爭光的單車運動員。

「下一年奧運年，你別搞那麼多了！」

我當下的使命，就是拼奧運獎牌，為港爭先。其他事，都應當擱下來。

我聽取了各方的建議，細心考慮之後，暫時關閉臉書專頁，一心想等待事件沖淡，再作打算。

從傷痕中學會的事

再次活躍於社交媒體，已經過了一年。2020年，疫情嚴峻，東京奧運宣佈延遲舉行，政府勸市民留家工作。我忽發奇想，不如藉此機會，再次集結不同意見的人，與他們對話，重建一個溝通平台吧。

四月和七月，我分別展開兩個網上活動：「十四天問答環節」和「十四加七天閱讀分享」。

　　活動本身不帶任何政治色彩，只希望大家互相陪伴，共度時艱，但是過程中，依然有滋事分子從中作梗。實不知道他們的目的，或許是每天以惡意攻擊我為樂。要是從前，我一定十分在意，可是「經一事，長一智」，我不再將無意義的辱罵放在心上。非理性的罵戰對團結香港沒有任何幫助，我不會讓他們的奸計得逞。這些沒有水平的話，就當成笑話好了。

　　我也勸其他網民，特別是替我辯駁的粉絲，不要理會這些留言，以防落入圈套，再次展開無了期的罵戰，忘記活動的初衷。後來，挑起事端的人真的漸漸退出我的專頁，此後，我更確信「守得雲開見月明」的道理。

　　經歷2019年，許多人不再相信理性和溫和的方法可以解決問題，有的選擇消極逃避，有的孤注一擲，賭上性命。我覺得

這樣做實在是貶低我們自身的價值，低估我們的可能性。我們這一代，都是受過正規教育的人，若然以傷害自己的行為尋找出路，是極可悲的事。

其實我和眾多熱愛香港的人感同身受，只是我不願意社會文明倒退，不願丟失香港獨有的文化。除了為港爭先，我知道，我還能做更多。

這是我在創作系的第三年，仍然每天問自己：「可以為香港做甚麼？」

有次，劉老師問：「你真的想出書嗎？」

我曾向老師透露想出版自傳的意願，他只看過我一篇文章，不知道從何而來的信任，竟堅信我會寫出佳作。我心中沒有譜，不知道拿筆寫書是否如騎在單車上得心應手。最後，我還是決定出書，因為我希望盡力為香港人增添力量。

寫書的進度比預期慢得多，出書日期一再推遲。有一天，我忍不住問劉老師：「為甚麼您相信我有能力寫書呢？」

「因為你決心想做的事，無論如何，你都要做到！」

心之所向，素履以往，辛勞過後，必有收穫。這是我當運動員後學會的事。抱着這樣的心態，我繼續默默筆耕。

「最近兩年，我總聽到你說要為香港這，為香港那，你怎麼不為自己設想？」玲說。自從得到第一面奧運獎牌開始，我就不曾好好對待自己，肩上的壓力如同槓鈴的重量，有增無減。每面獎牌都是一盞舞台射燈，投射在我的身上。

能力越大，責任越大。一路以來，是這一份使命感支撐着我。無論作為運動員、教練、抑或寫作人，我都願意全情投入，「玩命」完成。

我不是銅皮鐵骨，再堅強，也有疲倦的時候。只是我習慣了，習慣了忙，習慣了規律，習慣了辛勞。

身體早就適應我這個刻薄的主人，除了我的心——它不怕我得不到奧運獎牌，也不怕我寫不完書，只怕我承受不了累積下來的壓力。它始終沒有被我哄騙，把一切都當沒事，它以不正常的搏動和虛弱的聲音抗議；只是腦袋也習慣對弱勢的聲音不為所動。奧運前夕，腦袋不斷說服心：「再堅持一會就好了……」「沒有甚麼大不了。」心勉勉強強地支撐着，直到奧運結束。

大家都為李慧詩得獎而喜悅，只有心沒有，它倦了，它恐懼無休止的征途，它想停下來——為自己而停下來。

走出封閉的圍牆

從頒獎台下來、從單車場走出來，每個朋友都問我：「你現在最想做甚麼？」「喝可樂嗎？吃蛋撻嗎？」我對他們說沒有甚麼特別想做的。心中剛放下了一塊大石，一個小氣球又充起了，一呼一吸，空氣慢慢地把氣球越撐越大，越撐越大——

身上的每道傷疤

「我想快點完成這本書。」

當初寫書是為鼓勵香港人，寫着寫着，竟變成為自己而寫。

從小到大，每次寫日記，也是整理一天思緒的機會；寫這本書，需整理過去十多年的經歷，在思考、書寫的過程中，整個人如同通過磁力共振掃描器，揭露隱藏在回憶最深處的傷痛。

受傷的是過去的自己，現在的我跟她對話，嘗試傾聽她、理解她。

過去的李慧詩是對人歡笑背人愁的女孩。她總説：「沒事，沒事。」然後偷偷掉眼淚。若真要説她最大的本事，就是哭。後來，她得到的所有榮耀，都是由一道又一道傷痕和淚痕交織而成。

世界冠軍的路，是孤獨的。

當她知道自己説的話、做的事，對別人的影響越深的時候，不想言及的事就越多。她覺得這既對事情無甚幫助，也怕內心的痛苦像傳染病般感染身邊的人。她情願一力承擔所有痛楚。因為她知道，心痛比患病更難受，她不想將悲傷傳給愛她的每一位。她寧願一個人流淚。

淚水溫暖她，成為最貼心的伙伴。陪她受傷，陪她痛。

當她疲倦得感覺快要死去，就這樣勉勵自己：「我還會哭，還會痛，我還活着。」然後繼續揮霍淚水，一步一步走下去。只要能哭出來，再痛她都能撐過去。當情緒沉澱了，她就會好起來。對某些人來說，流淚代表懦弱，對她而言，流淚使她堅持到底。

　　我一邊寫，一邊回憶。不少回憶都是痛苦的，身上的傷疤早已癒合，但受傷的感覺依然殘存。我不再害怕了，因為我已不是那個無力招架痛楚，遇事只會躲起來哭的傻孩子。我願意真誠地面對自己，接受缺失，承認過錯，緩慢卻徹底地擺脫痛苦的煎熬。

　　我勇敢地帶領過去的李慧詩，放下回憶，從封閉的圍牆後走出來，告訴她：「或許過去沒有人明白你，現在，有我。」

　　我牽着她的手，給她比淚水更強大的力量和更暖心的陪伴。

　　我們，再不孤單。

或許過去沒有人明白你，
現在，有我。

我們，再不孤單。

更快、更高、更強──更團結

啟：奧運會的格言是「更快、更高、更強」（Faster, Higher, Stronger），這代
表怎樣的體育精神呢？

詩：這句格言充分表達運動員不畏險阻、不斷進步的拼搏精神。運動員克服
各種限制，不斷超越自己，實現更艱巨的目標，達到更高的境界。即使
面對強勁的對手，也敢於挑戰。

啟：但古語說：「勝者為王，敗者為寇」；流行語也說：「有比較就有傷害。」
運動員之間的競爭激烈，會不會跟奧林匹克的核心價值：「卓越、友
誼、尊重」(Excellence, Friendship, Respect) 有所矛盾呢？

詩：顧拜旦（Pierre De Coubertin）
創辦奧運之時說過：「參與比
取勝更重要。」運動員全力奮
戰，最大的目的並非獲勝，而
是追求身、心、靈平衡發展，
即使落敗，比賽過程亦能使我
們成為更強大的人。所以，
沒有獎牌的運動員並不是沒有
價值，賽場上的每個人都是良
師，值得我們學習和尊重，如

一個印度運動員怎樣在資源匱乏的情況下勇奪獎牌、一個受傷的運動員
如何重新振作等，這些故事都極具啟發性。每位運動員都克服了不同的
困難，才成為最強的那一位，都值得我們欽佩。

啟：2020 年，國際奧委會修改格言為「更快、更高、更強──更團結」
（Faster, Higher, Stronger — Together），旨在強調運動凝聚人心的力量。
誠如奧委會主席巴赫（Thomas Bach）所言：「惟有團結，才能實現更
快、更高、更強的理想」(We can only go faster, we can only aim higher,
we can only become stronger by standing together — in solidarity.)

詩：我曾在大學研究「奧林匹克主義 (Olympism) 在香港的發展」，發現大眾
對奧林匹克精神有一定的認識，此精神應在日常人際交流、社區發展、
商業等更多方面實踐。所以，作為奧運選手，我除了希望向大眾展現奧
林匹克精神，也希望將此精神宣揚到不同層面，使香港成為更好、更和
諧的城市。

圓夢與落幕，謝謝你給我們美好的九年

徐飛

「不是拎了獎，運動員就有價值，沒有獎就不是英雄。」五年前，李慧詩出戰里約奧運前，在廣州宿舍內跟我談起運動員的價值。那年，她還是香港惟一受注目的獎牌希望，每次大賽，所有的眼光都放在她身上。你問她有沒有壓力，她總吸一口氣告訴你：「我可以做到！」但誰人都知，這一口氣背後，要有多少勇氣及犧牲。

2009年，在山東全運會上認識李慧詩，那時她還是未成名的小車手，我才剛踏入社會採訪的第二年，冒昧走上前採訪她，還記得那天走到運動員休息間：「你好！李慧詩，我可以問你幾個問題嗎？」她一邊執拾單車，一邊驚訝地說：「為甚麼訪問我？從來沒有人訪問過我。」那次訪問後我們漸成好友，全運會上第一次看見她「炒車」，拍下的那一幕，後來拿了香港報業公會體育組攝影的冠軍，她不甘心地對我說：「希望下次你奪獎是拍到我光輝的一刻，不再是這狼狽的畫面。」

直至2010年成為亞運會500米計時賽金牌得主，2012年更奪下倫敦奧運銅牌，一夜之間成為了「牛下女車神」，從此站在街上或賽場上，所有人的目光都放在她身上。二十五歲成名後，她將這九年的光陰全放在單車上。原本這九年，對一個女生來說是人生最美好的光陰，但她都願意花上所有時間放在單車上，為港追金逐銀，放棄了與家人、朋友、愛人相聚的時間。你問她背後犧牲了甚麼？她一定不談犧牲，卻看成學習與得着。2016年里約奧運大有機會再奪獎牌的她，凱林賽被對手

身上的每道傷疤

撞跌一幕依然歷歷在目，她賽後哭成淚人的樣子令在場記者流着淚訪問，她一邊哭一邊着我們「不要哭了！」

賽後兩個月李慧詩到日本作賽兼休息，卻遇上最親的普林俊教練在廣州離世，她那晚上哭着來電，吸吸氣說「我沒事」，然後從日本飛到內地送別教練再回日本去，那一幕她跪在棺木前痛哭，鏡頭背後我們心痛得撕裂。跌進低谷的她每次遇上低潮都一個人承受，她吸口氣就着自己撐下去。但那次她花了半年整頓心情，原打算退役展開新的人生，但最終看着年輕車手的加入，又決心以扶助年輕的隊員為目標，選擇繼續留下，然後就是這五年。

九年間歷盡天堂與地獄，她身上的傷疤與心上的傷痕隨着征戰增加，今屆東京奧運上，問誰都會希望李慧詩在最後一屆奧運上有完美的結局。這九年來，每次大賽有李慧詩在陣，我們的採訪鏡頭都不嫌攀山涉水的去追訪你；每次看見你在頒獎台上，刻意轉頭看着香港記者的鏡頭讓我們拍攝，那天晚上我們累了，但都會微笑着睡。

記得在土庫曼的亞洲室內運動會上，李慧詩個人獨取三金，那三面金牌對比她那大滿貫的獎牌數量來說，含金量一點也不算重，但賽後她分享自己在這成就背後的一切，是叫每個運動員都值得反思的精神——十七年的全職運動員生涯，她連呼吸都在訓練。她願意為了單車放下身邊所有的人或事，然後反問記者：「比賽時是你的事業重要？還是在電話中陪着你聊天的那個人重要？」

今趟東京之旅，是三十四歲的她職業生涯最後一屆奧運會，賽前我們着她「平安回來」，不願為她添加更大壓力，賽後她說目標只達成了一半，結局或者不是她心中般完美，但從凱

林賽的失利再到爭先賽遇上強敵下一一殺退，這是她自我的管理與成長。賽後她説學懂讓自己成為最愛自己的人，縱然站上頒獎台背後犧牲不少，但撐着撐着又多了一天的領悟，今天她平安回來還配上她那「説到做到」的承諾，頸上掛着銅牌凱旋，臉上重掛上招牌笑臉。

謝謝九年來你給我們的精神，能夠在場上每一步都與你同吸同呼，帶給我們充滿希望及光榮的這九年。奧運落幕，踏下頒獎台，願你學懂更愛惜自己，人生下半場繼續如今天奪獎後那綻放的笑容。

原載於「體路」網站，2021 年 8 月 8 日。

後記 | 那些不為人知的故事

安仔

小學田徑隊

鄰居安仔喜歡研究車,小時候,我們常常一起玩玩具車。他在「不准踏單車」的空地上教三歲的我踏單車。現在,我是一名單車運動員,而他是一家車房的老闆,我們都與車結下不解緣。

小學時我雖跑得快,但因為跑姿太醜,老師不讓我代表學校出賽。幸好劉老師沒有嫌棄我,准許我加入田徑隊,還用心糾正我的跑姿。

表妹

中學老師

表妹和我就像磁鐵的正負極,總黏在一起,時常因為深夜聊得太起勁而吵醒姑姐。普教練逝世五週年,我請表妹合唱《晚安歌》作紀念,一起懷念普教練。

我熱愛運動,中四時想自修體育,體育老師怕我會考要讀九科,加上實習會應付不來,不讓我報讀。最後,我還是因為太投入體育而考不好。

家人

書中沒怎麼提過爸爸和哥哥。他們不愛說話,總是默默地愛護我。小時候,爸爸為我打蟑螂,哥哥伴我玩遊戲機的故事,希望留待下一本書詳談。

神帶領我認識這班朋友，大家各有各忙，只有聖誕節能齊聚，我總希望聖誕節不用離港訓練。在外地訓練的日子，我只好致電回港，與他們一同敬拜。

教會朋友

米奇

這十年創造的每一個奇跡，都少不了米老鼠的功勞。她由2013年起，與我並肩作戰，比我更熟悉訓練和比賽數據，是我的軍師，亦是隊裏最了解我的人。

加珈和方砥

與我朝夕相對的加珈和方砥，協助我在訓練後的恢復和治療。遇到不如意時，我會抱着她們痛哭一場，然後重新振作。

科學部和生物力學部同事

科學部和生物力學部的同事負責將運動數據系統化，在科技大學的風洞測試中提供專業意見，是運動員獎牌背後的無名英雄。

身上的每道傷疤

Polina

體院心理老師們是我的人生導師：Polina 教我如何規劃人生；Angela 教我溝通技巧；Dr Si 教我放下運動員的身份，耐心學習與人相處。他們教會我成功不應只用獎牌衡量，還有品格與修養。

沈金康教練

「我想寫一本書。」——社會運動後，我向沈教練申請寫書，他點頭說好。成書後，他問：「書中是否都是罵我的？」我說：「也有好的一面。」一枚硬幣有兩面，人與人之間的關係亦是如此。

Marc, my third gym coach, used to treat me as his daughter, care about my feelings and always ask me patiently, "How are you, my little girl?" Also, he taught me English. I read Victoria Pendleton's biography to him when he helped me to stretch my body.

Marc

張小華教練

剛進隊時，我們十來人由張小華教練看顧。每當我們坐飛機回內地時，為了節省行李寄艙費，張教練一個人開車把場地車送往目的地。現在，張教練已屆退休年齡，依然在昆明打點隊務，退而不休。

備戰東奧兩年，特別感謝科研人員百鳴先生、蘇先生和張潔，還有體能教練 David、金教練和廣哥，以及所有一同拼搏的工作人員。

單車隊工作人員

普教練離開後，短組足足兩年沒有技術教練在陣，機械師杰哥、按摩師川哥和方砥義不容辭兼任教練，工作量百上加斤，實在不容易。

機械師杰哥(左)和按摩師川哥(右)

Hervé(後排右三)和崔丙昌教練(前排)

張瑤

普教練原來的工作逐漸有人接替，隊裏請了張瑤負責牽引課，有時勞煩長組教練張敬煒和 Hervé 幫忙，再找來韓國教練崔丙昌，減輕其他工作人員的負擔，感謝他們。

普教練的家人

後來，我認識了普教練的媽媽（我稱她奶奶）、兄妹和女兒。我每次到昆明，奶奶都會送許多吃的給我；我每次拿獎牌，奶奶都會弄一本電子相冊給我留念，使我感到十分溫暖。

張在禮

倫敦奧運前，張在禮已決定出國讀書，卻仍在比賽前陪我訓練。奧運後，他走了，我訓練後常常一個人傻呼呼地哭。哪想到一年後他回港，我們又在一起吃喝玩樂！之後他還擔任短組教練一段時間。朋友分別後能夠重聚，十分感恩。

蔡其皓

除了張在禮，還有其他優秀的陪練運動員：蕭家明、方家進、蔡其皓、胡樂雋、羅冠華、梁嘉儒、梁竣榮、王一博、Charlie Conord、羅子駿、杜棹熙……他們陪我渡過許多難關。

一同訓練的隊友

和我一同訓練的隊友，有的比我年輕，卻把我當成妹妹一樣關顧。當我累得半死，他們就推着我的單車，幫我放鬆，又替我整理裝備，等我回宿舍。和隊友下波子棋、散步説笑，是全職生涯中最輕鬆的時光。

孟孟

第一面團體競速賽獎牌是我和來自蒙古的孟昭娟在亞洲杯賽中拿到的。2009年，我倆更在全國錦標賽得到亞軍，使人對香港單車隊短距離組目相看。孟孟之後轉戰長距離，還在亞錦賽和全運會奪獎。

體院餐廳員工

每次月事不適或感冒初起，體院餐廳的員工就給我煮檸樂煲薑。見我胃口欠佳，又會為我煮粥。Janet 姐總説：「快點找個疼你的男孩子吧！不要總留在體院啊！」

唐琪和郭爽

許多人看了郭爽在爭先賽的「鐵頭功」片段後，都對她留下壞印象。其實單車場以外，她和丈夫唐琪都十分和善。唐琪是港隊教練，他和普教練一樣，牽引技術一流，也會調和我和沈教練之間相處的氣氛。

短距離組

教大同學

在香港教育大學和體院教練班的學習，是我當教練的里程碑。要成為一個成功的教練，將十多年的經驗傳承下去，知識、表達能力和耐性，缺一不可。

我相信每位短距離組的組員都有潛質成為優秀運動員，雖然他們因各自的原因，先後離隊，但我不刻意挽留，反而希望他們找到適合自己的路，向着目標，勇往直前。

體院匯集不同項目的運動員，我們會相約游泳。余翠怡每星期教我踢水，我們自創「浮板爭先賽」，我的泳術因而提升不少呢。

余翠怡

黃金寶

有次到泰國比賽，旅途花了一整天，我飢腸轆轆。到埗後，有位修善寺教練請吃餅乾，我像經歷饑荒的人般搶着吃。教練離開後，身旁的黃金寶馬上斥責我沒禮貌，他叮囑：「你要記得，你不是代表自己，而是代表香港。」這句話，我銘記於心。

2016年，我迎來第二次奧運會，主動向李麗珊請教，卻忘了赴會，她非常生氣地說：「做人要講信用。」幸好她不計前嫌，後來再偶遇，我隨便說起要買車，她竟記在心中，主動給予意見。她對後輩無微不至，使我受寵若驚。

李麗珊

史先生

熱愛單車也不一定要當運動員。Champion System 的老闆史先生從 2007 年與我們合作至今，設計了不同款式的「戰衣」：廣州亞運的鯊魚戰衣和東京奧運的破風戰衣，是其中兩件經典之作。

體育記者

香港的體育記者從不以八卦作噱頭，反而用心地報道運動員得獎背後的故事，令香港的體育新聞成為社會正能量的輸送站。我每次比賽時看到他們，心裏都感到特別安穩。

各界前輩

大至關乎社會事件、體壇發展，小至處理單車場設施、個人學業，各界前輩都會提點我。人常以立場分你我，我認為只要心存良善、真心為香港的，都值得相交。

容醫生

2017年，我暫別單車隊，許多前輩跟我談人生方向。記得容醫生說：「我們還年輕，不要着急。」因為他的一番話，我選擇重投訓練。

劉老師

校園如賽場，雖說只須做好自己，但還是會與人比較。我沒信心能當個優秀的學生，直到劉老師看了我的功課（即此書初稿），說被我感動了，使我有信心可以寫書，甚至當一名作家。

身上的每道傷疤

我的浸大同學稱呼我
為「大佬」，但其實我最依
賴她們。我停學兩年，現
在她們都畢業了，沒有她
們的陪伴，我的校園生活
變得有點寂寞。

浸大同學

Jamie 教曉我塗護膚
品、修眉、化妝……我們曾
交換日記，分享心事，當然
少不免聊感情事。Jamie 觀
察入微，我心儀哪個男孩，
總瞞不過她。

Jamie

感謝每位愛過我的男孩
們。當我不懂得處理情緒
時，他們耐心地哄我笑，分
手後，仍然支持我。感謝 E
先生，在我最絕望的時候，
捉緊我的手，讓我知道我不
是孤單一人。

E 先生

出版社同事

實習期間，承蒙中文組
同事的耐心指導，我初嘗在
辦公室「坐定定」上班、籌
備書本、校對、在書展當
值……我發現在出版社工作
與做運動員一樣，都要有承
擔，肩負一份使命。

後記

229

阿叔咖啡

本週咖啡

星期一	巴西山度士
星期二	莫加
星期三	哥倫比亞
星期四	肯雅
星期五	哥斯達尼加

出版社樓下有家小吃店，店主「阿叔」泡的咖啡特別香。每天午飯後，我總會買一杯咖啡回公司一邊工作一邊品嘗。本想寫完書後重遊舊地，奈何小店已結業，「阿叔咖啡」成了甘甜的回憶。

這本書是設計師Grace在牛津榮休前負責的項目。感謝她的用心，還按我的想法，設計了這個彩霞封面。

設計師

特別感激責任編輯 Hilda 與我同行，她總擔心我壓力太大或心情低落，常勉勵我這個完美主義者要「先完成，後完美」。每完成一篇文章，她都會第一時間給予意見，討論行文用字。這本書可說是我們共同努力的成果。

運動員朋友

責任編輯

趁着封閉式訓練期間，我拿着植物和鳥類圖鑑，跟運動員朋友在體院觀賞大自然。造物主的奇妙讓人肅然起敬，儘管我得過世界冠軍，還是渺小得很。

篇幅所限，仍有許多名字和故事未能盡錄，從傷痛到相遇，謝謝你們一路同行。

身上的每道傷疤